寻找
Gobi
Finding Gobi

【英】迪恩·莱纳德（Dion Leonard）◎著

张焕敏　魏璐菲◎译

Gobi

中华工商联合出版社

图书在版编目（CIP）数据

寻找Gobi / (英) 迪恩·莱纳德著; 张焕敏, 魏璐
菲译. -- 北京：中华工商联合出版社，2019.3
 书名原文：finding Gobi
 ISBN 978-7-5158-2098-9

Ⅰ.①寻… Ⅱ.①迪… ②张… ③魏… Ⅲ.①回忆录
-英国-现代 Ⅳ.①I561.55

中国版本图书馆CIP数据核字 (2018) 第 049295 号

Published by arrangement with Thomas Nelson, a division of Harper Collins Christian Publishing, Inc. through The Artemis Agency.
北京市版权局著作权合同登记号：图字01-2018-4589号

寻找 Gobi
Finding Gobi

作　　者：[英] 迪恩·莱纳德（Dion Leonard）
译　　者：张焕敏　魏璐菲
责任编辑：李　瑛　袁一鸣
封面设计：张红涛
责任审读：魏鸿鸣
责任印制：迈致红
出版发行：中华工商联合出版社有限责任公司
印　　刷：唐山富达印务有限公司
版　　次：2019年6月第1版
印　　次：2022年2月第4次印刷
开　　本：710mm×1020mm　1/32
字　　数：200千字
印　　张：10
书　　号：ISBN 978-7-5158-2098-9
定　　价：48.00元

服务热线：010-58301130
销售热线：010-58302813
地址邮编：北京市西城区西环广场A座
　　　　　19~20层，100044
http://www.chgslcbs.cn
E-mail: cicap1202@sina.com(营销中心)
E-mail: gslzbs@sina.com(总编室)

致我的妻子，露西娅。

没有你无尽的支持、奉献和爱，这一切都不可能实现。

序
Preface

摄制组昨晚已到位，明天还有出版商的人要来。我仍能感觉到飞机时差和41小时长途跋涉的副作用。露西娅和我早就决定要开始我们今年的第一跑，很容易的一次长跑。而且，我们不只要考虑我俩，还要考虑"戈壁"（Gobi）。

当我们经过酒吧，在荷里路德宫旁下车时，我们放松了下来。只见湛蓝的天空下，郁郁葱葱的山峰从爱丁堡的天际线上拔地而起。那便是"亚瑟的王座"（鸟瞰爱丁堡市的峭壁之一）。我已经记不清在那里跑过多少次了，我知道沿途的环境很严酷：强风拍面，让你退避三舍；冰雹带来的寒气像刀子一样刺入骨髓。在那样的日子里，我甚至会怀念沙漠49度的高温。

但今天既没有风也没有雨，我们爬山的时候也没有遭遇任何严酷的考验，就好像这座大山想在如此风和日丽的一天向我们展现它柔美的魅力一样。

我们刚踏上草地，戈壁就来了精神。这只狗体型很小，我用一只胳膊就能抱住它，但当她向前爬上斜坡时，却好似一头愤怒的狮子。

"哇！"露西娅说，"看看她，真是精力充沛啊！"

我还没来得及反应，戈壁就转过身来，耷拉着舌头，眼睛明亮，耳朵向前伸着，得意洋洋地挺着胸脯。她好像听懂了露西娅的话。

"你还没看到她的全部能耐呢，"我说，同时加紧步伐，试图放松狗绳上的压力，"她在山里就像这样。"

我们继续向上攀登，离山顶更近了。我在想，尽管她是以"戈壁"命名的，但我第一次看到她却是在天山寒冷崎岖的山坡上。她是一个真正的登山者，我们每走一步，她就变得更有活力。不一会儿，她的尾巴就摇得如此之快，以至于变得模糊起来，她的整个身体跳跃着，充满了纯粹的喜悦。当她再次回过头时，我发誓她在对着我笑。来吧！她说。我们走吧！

在山顶，我沉浸在自己熟悉的景色中。整个爱丁堡就在我们脚下伸展开，在它的后面是福斯桥、洛蒙德山和西部高地路，155公里的总长，每条路我都跑过。我还能看到北伯威克，相当于一个完整的马拉松赛跑距离。我喜欢在海滩上跑步，即使在那些艰难的日子里，风试图把我吹倒，每跑一公里都像是一场战斗。

我回到这里已经四个多月了。虽然一切还都是熟悉的样子，但依然有一些不同之处。

那就是戈壁。

她认为是时候把我拖下山了——不是沿着山间小路，而是笔直地走下去。我跳过一丛丛手提箱大小的青草和岩石，露西娅紧跟在我身后。戈壁娴熟地探着路。露西娅和我跑着，脸上挂着苏格兰国旗那么大的笑容。

这就是不同。

在这之前，跑步并不是一件如此惬意的事情。事实上，对我来说，跑步从来就不是件快乐的事。当然会有荣誉感和满足感，但绝对不是开怀大笑的那种乐趣，不像现在这样。

　　戈壁意犹未尽，所以我们就让她带路。她可以带我们去任何她想去的地方，有时往山顶去，有时往山下跑。没有任何计划，也没有预定路线，更没有烦恼和忧愁。这是一个无忧无虑的时刻，我为此心怀感激。

　　经过之前的六个月，我觉得自己需要这样的时刻。

　　我曾经面对过我从未想过自己会面对的事情，这都是因为这个拽着我手臂、左摇右晃的棕色小家伙。我曾经历过我从未想过的恐惧，也感到过绝望，那种让空气都显得毫无生气的绝望。甚至，我还面对过死亡。

　　但这还不是故事的全部。

　　事实上，这只小狗改变了我。对于这些我才刚刚开始理解，也许永远不会完全理解这一切。

　　但至少有一件事是可以确定的，那就是寻找戈壁是我这辈子所做的最难的事。

　　但最终她发现了我，这也是我这辈子遇到的最棒的事！

目录
Contents

第一部分

初　遇

第一章　来到中国

　　我走出机场，来到中国的土地上。在这里，我驻足片刻，任由周遭的喧嚣冲击着我的神经。前面停车场轰鸣的汽车引擎声和人们对着手机的喊叫声此起彼伏。

　　这里的标识牌是用汉字和对我来说像是阿拉伯文的文字书写的。这两种文字我都不认识，于是我加入了自认为是在等候出租车的人群中。虽然我比周围的大多数人都要高出30厘米，但对他们来说，我只是一个无足轻重的小人物。

　　我所在的城市名叫乌鲁木齐，一座坐落在中国版图左上角不规则延展的城市。在这个世界上，再没有比乌鲁木齐更远离海洋的城市。当我从北京飞来的时候，我看到地形从险峻的雪山渐变为一望无垠的沙漠。在那里的某个地方，竞赛组织者规划了249公里的路程，包括寒冷刺骨的冰峰、经久不息的狂风，以及荒凉、了无生机的灌木丛林，这就是戈壁沙漠。我来此的目的就是跑完这段路程，为此，我打算在前四天每天跑一段比一个马拉松稍短的距离，然后在第五天跑两个马拉松，而在最后9.6公里进行约一小时的冲刺，从而结束比赛。

人们称这种比赛为超级马拉松，很难想象还有比这更加折磨心理和身体耐性的测试了。像我这样的人，愿意花几千美元让自己经受这种彻头彻尾的折磨，这个过程甚至会让人减去身体百分之五的重量，但这一切都是值得的。我们得以在世界上最遥远却风景如画的地方奔跑，一群富于献身精神的志愿者组成的后勤和医疗团队为我们提供安全保障。有时候这些挑战会让人极度痛苦，但同时也改变着每一位参与者的人生。

有时事情并不是那么顺利。比如我最近一次尝试一周跑六个马拉松，但没能坚持到最后，那时候我感到十分痛苦，仿佛自己的生命即将结束，觉得以后再也无法参加比赛了。但我仍然鼓足勇气，决心再尝试最后一次，如果我能够在戈壁比赛中有出色的表现，那么我可能仍会继续奔跑下去。毕竟，在我将跑步视为事业的三年中，我体会过站在领奖台上的感觉有多棒。所以，我无法忍受那种不能继续比赛的想法。

最糟糕的情况是，我可能会像几年前的某位参赛者一样，死在比赛中。

— ✳ —

我从网上查到的消息是，打车从机场到宾馆大约需要20到30分钟。可越接近计划的车程时间，司机的情绪就越激动。他变得不高兴起来，并且吵着要我付出三倍于我所预期的车费，之后情况就变得越来越糟。

当我们在一个红砖建筑前停下车时，他挥舞着手臂，想要把我赶下出租车。我看向窗外，然后又看着我行程开始给司机展示的分辨率极低的相片。如果你眯着眼看，这栋建筑物确实与照片中的有些类似，但很明显这并不是一个宾馆。

　　"我觉得你需要一副眼镜，伙计！"我尝试着缓和一下气氛，但显然并没有奏效。

　　司机很不情愿地拿出手机，对着电话的另一头吼叫着。当我们终于到达我的目的地时，他已经怒不可遏了，只见他双拳紧握，开车离开时是如此迅速，以至于车轮与地面都摩擦出了火花。

　　但我并没有因此而烦恼。当极限赛跑折磨着你的身体时，也同时影响着你的大脑。你很快就能够学会屏蔽那些让你分散注意力的恼人的小事情，比如脚趾甲脱落或磨破乳头。因此，来自一个愤怒的出租车司机的压力是我完全可以忽略的。

　　第二天的情况则完全不同。

　　我必须乘坐动车到距离乌市几百公里以外一个叫做哈密的城市，那里是这次比赛的基地。从我来到乌市的那一刻起，我就知道自己踏上了一个极度考验耐心的旅途。

　　火车站的安检很是严格。我被告知有两小时的时间来进站乘车，但当我看到前面庞大的人流时，我开始怀疑这个时间是否够用。如果说前一天的出租车事件让我学到了什么的话，那就是如果我错过这趟火车，我不认为自己可以跨越语言障碍重新订一张车票。而如果我不能按时到达比赛集合地点的话，那么所有为此付出的努力都将付之东流。

面对此情此景，恐慌一点用也没有。我调整呼吸，稳住心神，慢慢通过了第一道安检。可是等我通过第一道安检，弄明白首先要去取票时，才发现自己排错了队。终于，我排到了正确的队伍中，而此时留给我的时间已经不多了。如果这是一场赛跑，我想我应该已经被远远甩在后面了，在真正的比赛中这种状况从未发生过。

当我终于拿到票，只剩下不到40分钟的时间来通过另一道安检，先是一个十分认真的安检人员像法医一样仔细审查我的护照，然后我又挤过足足50个人去办理登记，最后我呆呆地站在指示牌和电子屏前，张大了嘴巴，喘着粗气，紧紧盯着那些我看不懂的文字，想着我到底在哪才能找到正确的站台。

谢天谢地，我没有完全被无视。一个在英国留学的中国人拍了拍我的肩膀，用英文对我说：

"你是否需要帮忙？"

我简直想要拥抱他了。

当我到达站台时，发车时间就快到了。车组人员刚好从我身边经过，所有人都转过头去看着他们。这个场景就好像20世纪50年代的机场，飞行员穿着完美无瑕的制服，戴着洁白的手套，一副舍我其谁的架势，空姐们则看起来既沉着又漂亮。

我跟着他们上了火车，疲惫地瘫倒在我的座位上。此时距离我离开爱丁堡的家已经36个小时了，我努力清空大脑，放松身体，以此来消除这次行程中不断积累的疲惫感。我看向窗外，试图寻找一些有趣的事物，但是几小时过去了，我只看到了一些平平无奇的土地，它们既不像农田那样被完全开发利用，也不像沙漠那样空无一物，就只是延绵数百公里的土地。

既疲惫又紧张，在我短暂的跑步生涯中最重要的一场比赛即将开始之际，这绝不是我想要的状态。

我曾参加过一些著名的比赛，如享誉全球的撒哈拉沙漠马拉松，这是世界公认的最艰苦的田径比赛。先后两次，我与1300余名参赛者一同穿越撒哈拉大沙漠，那里白天的最高气温可以达到38度，晚上则降至4度。在第二次比赛中，我甚至获得了第32名的佳绩。但那已经是15个月以前的事情了，在那以后很多事情都改变了。

事情起因于一次横穿卡拉哈里沙漠的比赛。在那次比赛中，我不断地逼迫自己——可能逼得太紧了——最终我获得了总成绩第二名，这是我在超级马拉松比赛中取得的最好成绩。但我在比赛中没有摄入足够的水分，以至于最后我的尿液变成了可乐一样的颜色。回家后，医生告诉我，我的肾脏因为严重缺水而萎缩了，同时长跑还造成了我的肾脏损伤，导致尿液中充斥着血液。

在几个月后的另一场比赛中，我开始感到心悸。我可以察觉到自己的心跳十分剧烈，同时伴随着恶心和眩晕。

以上这些病症又在我第二次参加撒哈拉沙漠马拉松比赛的时候再次出现。我像往常一样忽视了这些病痛，并且以前五十名的成绩完成了比赛。但问题是我逼得自己太狠了，结果刚回到家，我的左腿后腱就不对劲儿了，只要一走路就开始痉挛，疼痛难忍，更别说跑步了。

接下来的几个月，我休息了一段时间，然后又用了几个月频繁进出物理疗法诊疗室，得到的答案却是千篇一律：尝试医生建议的力量训练和恢复训练。我尝试了所有的方法，但病情没有一点儿改善。

我用了一年的时间才最终找到了症结所在：其中一部分原因是我没有采用正确的跑步姿势。我个子很高——超过1.8米——所以在跑步时很自然地迈着宽大稳健的步幅，但问题是我没有充分调动那些应该使用的肌肉。

因此，这次在中国举办的比赛是我改进技术后——更快更短的步伐——的首秀。在很多方面我都感觉很好。我已经可以连续奔跑数小时而丝毫感觉不到疼痛，并且我前所未有地严格遵循着我的赛前食谱。在这之前的三个月，我拒绝了所有的酒精和垃圾食品，只吃鸡肉和蔬菜。我戒掉了咖啡，希望以此解决心悸的毛病。

如果一切顺利，我可以在这次比赛中跑得如我预期的一样好，这样我就可以去参加今年晚些时候举办的更著名的比赛——穿越智利的阿塔卡马盐平原。如果成功跑完那个比赛，我就可以以最佳的状态，去参加来年的撒哈拉沙漠马拉松比赛，并为自己正名。

— ✳ —

动车到达哈密后，我是第一个从车上走出来的乘客，在人群的最前面向着出口急速走去。就是这种感觉，我心想。

但安检口的保安却很快给我的沾沾自喜画上了句号。

"你为什么来到这里？"

我可以看见车站外排成长龙的出租车在一条空旷的人行道旁安静地等待着，与我一同出站的人们纷纷前去打车。我努力解释着自己是来参加比赛的，并且表示我想打一辆出租车，但我发现这毫无用处。保安满脸狐疑地来来回回打量着我和我的护照，然后示意我跟着他前往一个临时用作办公室的拖车里。

我用了半个小时的时间来解释凝胶和压缩食品的用途，但很显然他并没有相信我。我的直觉告诉我，他之所以放我走，只是因为他感到厌烦了。

等我终于走出火车站，来到人行道时，人群早已消失不见，与他们一起消失的还有路旁的出租车。

真是太棒了！

我独自站在那里等车。此时的我已经十分疲惫，只希望尽快到达目的地。

然而，搭乘出租车还是不顺利，差不多两个多小时后，我才到达比赛组预订的经济型宾馆的房间中，盯着空空如野的床铺时，我累极了。

令我困扰的不是语言不通带来的沮丧感，也不是肌肉酸痛和极度疲劳。整整一天，我都在努力不让自己变得紧张，但事情总是越来越糟糕，最终还是让我事与愿违。这并不符合逻辑，也不合常理。出发前，我一遍遍地提醒自己，我有充足的时间可以从北京抵达赛场，就算是错过火车，我也会找到解决办法来让事情走上正轨。并且，我深知，一旦自己站在跑道上，这几天积累的疲劳便会一下子烟消云散。

可事实上，当我来到比赛组安排的宾馆时，我却比以往任何一次比赛前都更加焦虑。

这种焦虑的来源不是长途跋涉，也不是即将面临的对身体极限的挑战，而是一些远远超出这些的东西。

我之所以焦虑，是因为这很可能成为我的最后一次比赛，我害怕自己所热爱的东西最终会离我而去。

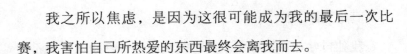

1984年1月3日，星期二，我九岁生日后的第二天。正是在这一天，我第一次理解了人生轨迹可以变化得多么快。那天天气很好，我沐浴在澳大利亚夏日的阳光下。清晨，我骑着车，做了几个跳跃动作；爸爸妈妈正读着报纸；奶奶住在房子另一侧的一楼，我三岁的妹妹正在奶奶门前的院子中玩耍。我成功地在蹦床上翻了一个筋斗，动作十分完美。午餐后，我和爸爸带着板球拍和几个老旧的球去外面玩耍，他当时刚刚经历了一次支气管炎，这也是长久以来他第一次与我一同参与户外运动。我用他教我的方法握拍，并将球击打得又高又远，越过矮树丛，飞出了我们的院子。

那天下午我们玩到很晚才回家，一进门就闻到屋子里充满了妈妈烹饪的味道：巧克力布丁已经蒸了好几个小时，意大利肉酱中食材丰富，那浓厚的香味让我忍不住把头凑向锅里，使劲吸着香味儿。

真是完美的一天。

上床的时间到了，像其他同龄的小孩一样，我很不情愿地躺倒在床上，但很快就困意来袭，迷迷糊糊地意识到妈妈出门去参加晚上的有氧运动课，而爸爸正在电视机前看着板球比赛，电视机的音量被爸爸调到很低。

"迪恩！"

我不想起床。屋里很黑，我的意识仍然沉浸在奇妙的梦的世界里。

"迪恩！"我又听到了爸爸的声音。房间里很安静，没有电视机的声音，也没有妈妈的声音。

我不知道爸爸为什么要这样叫我，很快我又回到睡梦中。

我不知道爸爸究竟叫了我多久，但在某个时间点，我知道自己应该起床去看看爸爸到底想要我做什么。

爸爸躺在自己的床上，盖着毯子。当我进屋的时候，他没有看我，我站在门口，并不想走进屋子里。他的呼吸声很不对劲儿，就好像是用尽了所有的力气，试图将一丝空气吸入肺部。我下意识地感觉到他病得很严重。

"迪恩，快把奶奶叫来。"

我跑下楼，敲着奶奶的房门。

"奶奶，快开门，"我说，"爸爸需要您，出事了。"

她立即出来，我随着她返回楼上。我记得当时自己心里想，奶奶曾是个护士，一切都会没事的。不管什么时候，只要我或妹妹克里斯蒂受伤，奶奶总会一边处理伤口，一边逗我们笑，给我们讲她在战争返遣医院当护士的故事。她是一个坚强的女人，一个战士，我总觉得她的双手中有一股神奇的魔力，会让所有的疾病和痛苦消失。

奶奶一看到爸爸的样子，就赶紧去叫救护车了，而我则留下来陪着爸爸。不过奶奶一回来，就让我离开了房间。

克里斯蒂睡在隔壁房间的儿童床上。我站在那里看着她，听着爸爸的呼吸变得越来越糟，奶奶用我从没听过的语气说着话。"盖里，"她说，声音比平时大了一些，"只是哮喘而已，救护车就快来了，冷静点，盖里，保持清醒。"

克里斯蒂从嘈杂声中醒来，开始哭泣。"爸爸不舒服，克里斯蒂。"我说，努力让自己的声音听起来像奶奶一样坚强，"医生马上就要到了。"

我一听到救护车的声音，就赶紧跑过去开门。我看着救护人员携带着担架和呼吸器上了楼。几分钟后，我又默默地看着他们把爸爸抬出来。我不想看爸爸，此时他仍然挣扎着想要呼吸，头部不停地摇晃着。我还听见其中一个担架轮子嘎吱作响的声音。

我跟着急救人员来到屋外，路灯、车前灯和闪烁的警示灯将夜晚照得格外亮。当急救人员将爸爸抬进救护车的时候——我看到爸爸戴着氧气面罩，头歪在一边——妈妈也开车回来了。她刚下车的时候还很平静，可等到她和奶奶一起来到救护车后面，便开始大声叫喊起来。"一切都会好的，"奶奶说。但我不认为妈妈听到了她说的话。

"我爱你。"当妈妈趴在爸爸身边时，他说道。这也是爸爸最后的话。

妈妈和爸爸一起乘坐救护车离开了，而我、克里斯蒂则和奶奶一起留了下来。我不记清过了多长时间，也不记清我们都做了什么，但我却记得临近午夜的时候房门终于被推开了。妈妈和一个医务人员一起走进来。不用再说任何话，我和奶奶已经知道了结果。于是我、妈妈和奶奶哭了起来。不久后，陆续有电话打进来。电话都是由奶奶来接的，她的声音很低沉，通话的时长也都只有几分钟。随后门铃也响了起来，第一批邻居们进到屋里，紧紧抱住妈妈，而我则回到自己的房间里。

葬礼那天，我看着爸爸的棺材被推进灵车。我挣脱了妈妈搭在我肩膀上的手，跑上前去阻止他们。我尽己所能想要环抱住棺材，但办不到，我的胳膊不够长。我越哭越厉害，甚至连胸口都疼了起来，随后被人从棺材上拉开了。

第二章 归属感

爸爸去世后不久，妈妈就搬到楼下，由奶奶来照顾我们的日常生活。妈妈好像又变回了孩子，无法再扮演妈妈的角色了。

有一天，我走进她的卧室，正好撞见她手中拿着一大瓶药片，脸颊上还残留着未干的泪水。即便我当时只有9岁，但仍然察觉到了这样一个事实：妈妈仍然没有从爸爸去世的打击中缓过来。

那是爸爸死后几个星期的事情，几个月后，我发现妈妈的问题不仅仅源于悲伤。一天晚上，我和她一起待在厨房里，她正在打扫卫生——这是她最近患上的强迫症——而我则坐在桌子旁读书。

"迪恩，"她说，没有任何预兆和铺垫，"其实盖里不是你爸爸。"

我不记得自己是否嚎啕大哭或跑着躲开，也不记得自己是否愤怒尖叫，抑或是要求妈妈进一步做出解释，更不记得自己说了什么，以及当时的感受。关于那个时刻，我本该有很多记忆，如今却只有一片空白。由此你就能知道我当时是多么痛苦，以至于我竟然将有关那时的记忆全部抹去了。

可我深知，我的爸爸——盖里——的死，对我所造成的伤痛是如此之深，这改变了我的一切。

即使是在今天，每当妈妈提到盖里的死时，她仍然会哭泣。她总是说，救护车仅仅20分钟的路程就改变了我们生命中的一切。她是对的，但不全对：也许几分钟的时间就可以让我的生活陷入混乱，但把我悲伤的心完全撕碎的却是那短短的一句话：其实盖里不是你爸爸。

— ✳ —

在后来一到两年的时间里，我严守着这个秘密。我为我的过去感到羞愧：我不仅是一个没有父亲的孩子，而且也是我所认识的唯一一个只有单亲的孩子。葬礼结束后，定期涌进家门的人潮早已停止，而我们日渐紧张的经济状况迫使妈妈不得不出去找工作。每当她在家的时候，她都要花好几个小时一边打扫屋子，一边听着莱昂纳尔·里奇的歌。

那时候我天真地认为，我的朋友们之所以家庭美满，都是因为他们会去教堂的缘故，于是我也很喜欢在礼拜日独自去教堂。我想感受教堂里的那种归属感，而且我也很喜欢在礼拜后拿一些教堂里的蛋糕。我并不反感神父的布道——有时候布道还会让我对自己有更深刻的认知，但是当我在礼拜结束后徘徊在桌子旁的时候，人们对我的反应让我明白了一个事实，这些人并没有将我看作是同类。我能听见他们在我的背后窃窃私语，当我转过身直视他们时，迎接我的则是尴尬的沉默和虚假的笑容。

妈妈也开始接到电话。我悄悄爬到走廊里，看她站在那里，脸转向墙壁，肩膀缩成一团。她的话不多，电话也打得很短。有时电话打完后，她会转过身来，发现我在看她，就告诉我镇上的人们最近在议论我们。

很快我自己也有了切身体会。一个星期六的下午，我到朋友家拜访。因为看见他的自行车就停在屋前的草地上，所以我知道他在家里。然而，他的妈妈却说他不能出来玩。

"你不能见布拉德利，"她说着，拉上了我们之间的纱门。

"为什么不能呢，弗斯太太？"

"你会带来坏影响，迪恩。我们不希望你来。"

我悲痛欲绝地离开了。我没有酗酒、骂人、在学校胡闹，也没有惹警察。好吧，我在教堂里时会对蛋糕有点贪心，但除此之外，我总是很有礼貌，尽量表现得与人为善。

她说的只可能是一件事。

当时我还不清楚这叫做什么，但我很快就产生了一种强烈的厌恶感，觉得自己被排斥在外。14岁的时候，我就非常清楚自己在生活中的位置了：主流之外。

— ✳ —

当工作人员宣讲比赛须知时，我像往常一样选择了房间里靠边的位置坐下来。我是第一次参加这些人组织的比赛，但类似的安全简报我已经经历过无数次，对此相当熟悉了。

对于每一个参加沙漠超级马拉松比赛的运动员来说，最致命的威胁来自于热衰竭——典型症状包括脱水、抽筋、眩晕和疾脉——之后发展为中暑。这时人体机能会出现一些强烈的反应，诸如意识模糊、晕头转向和肌肉痉挛等。你并不会知道它是什么时候发生的，也不会注意到它的并发症，结果就是你会晕倒在沟槽里，或者做出错误的决定，错失寻找阴凉、补充盐和水以及快速降低体内核心温度的关键时机。如果这一切成真，你会昏死过去，最终失去生命。

组织者说任何他们怀疑可能患上热衰竭的运动员都会被立刻要求退出比赛，但他们并没有提到6年前在这里举行的比赛中，就有一个运动员死于热衰竭。

之后麦克风传给了一位美国女士，她是这次比赛的发起人。"今年我们迎来了很多出色的运动员，"她说，"包括独一无二的汤米·陈。"房间里数百名参赛者响起了掌声，所有人的目光都转向一个中国台湾人，他的私人摄影团队就站在他旁边，记录着这个高光时刻。

不止一个人和我说过，汤米·陈会赢得比赛，他确实取得过很多伟大的成绩。我知道他是最优秀的运动员之一，是名副其实的超级马拉松比赛的明星。我知道在比赛中击败他将是很困难的一件事。

在我离开苏格兰之前，我曾收到一封比赛举办方发来的电子邮件，邮件里列出了他们认为可能创造佳绩的十名选手。尽管我过去曾战胜过他们中的几位，但这封邮件根本没有提到我。在内心深处，我有点生气，并不是因为我的自尊心受到伤害，他们没有理由认为我能够在这次比赛中表现出色。自从8个月前在柬埔寨举办的212公里比赛后，我再没有参加过任何比赛，我已经被人们遗忘了。所以，我并不责怪举办方忽略我。

我是在生自己的气。我三年前才开始自己的跑步生涯，起步如此之晚，也就意味着展现自己的机会少之又少。因此，用8个月的时间来进行恢复，更像是对宝贵时间的浪费。

在安全简报之前，举办方对我们进行了装备检查，以确保我们携带的包里囊括了所有必需品。虽然装备包里要带上整个六阶七天的比赛所需要的食物、被褥和衣服，但是，所有人都会将装备包的重量控制在最低限度。对我来说，这意味着在比赛结束时，没有换洗的衣服，没有睡袋，没有书，也没有智能手机让我开心。我只带了一个睡袋、一套衣服，还有少量的食物。虽然我知道自己每天会燃烧近5000卡路里的热量，但可摄入的热量则只有2000卡路里。我回家的时候看上去会像死了一样，但为了让装备包更轻一些，所有的牺牲都是值得的。

那天晚些时候，我们乘坐大巴车，驱车几个小时来到比赛地。我和旁边的人聊了一会儿，但总体上比较安静。坐在我身后的三个澳门人则一直说着话，他们一路上都在大声说笑。我转过身来，对他们微微一笑，希望他们能领会我这微妙的暗示，尽快闭嘴。可他们只是咧嘴一笑，继续在那里开派对。我们到达目的地的时候，我实在是受够了，我希望下车后能找到一个安静的地方，在心理上为接下来的比赛做准备。

当地人表演了一场精彩的地方舞蹈，当然还有马术表演，其中包括一项看起来像马球的比赛。我偷偷溜出去找自己要住的帐篷，好占个位置。在大多数超级马拉松比赛中，选手被分配了各自的帐篷伙伴，在整个比赛中都会住在一起。你永远不知道自己会遇到什么样的室友，但至少可以确保自己不会睡在一个糟糕的地方。

我站在旧的军用帐篷里，仔细斟酌自己应该睡在哪里。因为有风，所以我从来不喜欢靠近门的地方，帐篷的后面也经常有点冷。我决定去碰碰运气，就在中间找了个位置，心中默默许愿，希望室友的鼾声不会太大，能让我睡个好觉。

当帐篷里的前三个人到达时，我正在为自己的装备包做最后检查。这几个人看起来很健康，在选择床铺时也没有太过吵闹。

但当我听到帐篷外又传来一阵笑声时，我的心都沉了下去。我抬头一看，那三个澳门人走了进来。

虽然是夏天，但太阳落山时，天气还是明显转凉了。当地的一位官员发表了一个演讲，我没有听懂，但是当地人优美的舞蹈和高超的马术表演却足以让我看上一阵子了。有些参赛者坐在那里，吃着晚餐，但我却喜欢四处闲逛。我看到了汤米·陈的电影摄制组，就转换了路线，但很快我就想回到帐篷里去了。因为人们开始互相询问对方穿的是哪种鞋，背包有多重，或者是否带了额外的补给品，这绝对是示意我离开的指示灯。

在比赛开始的前一天参与到这样的谈话中，绝非好兆头。一旦你遇到一个做事与众不同的人，你就会怀疑自己。

我看了下表，下午六点：该吃饭了。我必须确保自己比赛期间在正确的时间吃饭，尽管天色已晚，而且在紧张的时候等待也十分难捱，但仍然不能太早吃饭，那样身体会在开跑之前就消耗掉能量。

我拿到自己的食物，爬进帐篷，安静地吃完晚饭。

还有，我必须在所有人回来之前睡着。

第三章　比赛开始

比赛的第一天，因为精神紧张，人们总是起得很早。在出发前的两三个小时，营地里人声嘈杂，人们都在忙着聊天、吃东西、收拾行李以及担心自己是否把行李收拾好了、是否在合适的时间吃了适量的早餐。

我理解人们的这种行为，因为我自己也经历过，但我现在不再这样了，我已经有了一套经过反复实践总结出的行程表了。

倒计时90分钟——起床，穿好衣服，上厕所。

倒计时60分钟——在帐篷里保暖，吃高热量的早餐。

　　倒计时15分钟——收拾好睡袋和充气床垫，离开帐篷，加入出发队伍。

　　然而，对于任何看到过我的行程表的人来说，这最后的一个小时看起来都有点奇怪。在出发之前，我会一直待在睡袋里，即使在吃早餐罐头的时候也不例外。当其他人都在外面蹦蹦跳跳地吃完压缩食品时，我却蜷缩在睡袋里，把小圆帽拉得紧紧的，塞进去一个由豆子、香肠、培根和蘑菇组成的冷罐。这种行为难免引起人们的关注，因为没有哪个心智正常的超级马拉松运动员会随身携带罐头食品——这会增加额外重量。但在比赛开始前，我总会吃一罐这样的食品，比起被怀疑为业余爱好者，这450卡路里的热量显然更有价值。

　　在接下来的六天里，我将什么都不吃，只吃一些冷的、补水的食物，这些东西的味道像三文鱼或波伦亚口味的意大利面，偶尔吃一点干肉片（来自南非的干腌肉），几颗坚果和几十种能量凝胶。往往几天后，我就会对这些食物感到厌烦，但正是这种轻量的营养让我的背包轻了不少。

　　我细细品味着每一口冷冰冰的食物。那三个中国澳门人已经不见踪影，但我看得出来，帐篷里的其他人——两个英国人和一个美国人——都在沉默地盯着我，好像我是一个十足的傻瓜。吃完饭，我又躺了下来，在睡袋里紧紧地蜷成一团。我猜他们可能还在盯着我看。

离出发还有一刻钟的时候，我从睡袋里爬了出来，把东西装进背包，朝队伍走去。大家都在盯着我看，这一点我毫不意外——他们第一天看到我时就是这样。我的紧身跑步上衣是亮黄色的，上面还有赞助商的标志。因为我又高又瘦，所以看上去像根香蕉。

这种时候总会让我觉得有点尴尬。虽然我尽量避免与他人作比较，但最终我还是认为其他人在比赛开始时看起来都比我好。他们看上去都更健康、更强壮、更像耐力运动员，而我看上去却像是个傻子。

唯一的解决办法就是咬紧牙关，躲在太阳镜后面，告诉自己是时候开始工作了。

对很多跑步者来说，系好鞋带，走出家门，让肺部和双腿在大自然中奔跑，找到完美的节奏，是一件很美妙的事情。这关乎自由与和平。时间仿佛在此时凝固了，日常生活的压力也逐渐消退。

　　我不是这种跑步者——但我的妻子是。露西娅之所以跑步是因为她喜欢这样做。她参加比赛是因为她喜欢那种亲密无间的氛围和集体感。我却并非如此。我不喜欢跑步，也不喜欢集体感，我只是喜欢比赛，喜欢竞争。

　　我花了37年的时间才意识到比赛多么适合我。在我十几岁到二十几岁的大部分时间里，我都在玩板球和曲棍球。从一开始，我就喜欢曲棍球的动作，球迎面飞来时一击即中，或者迅速射门，让球飞进球门右上角的某个地方。对我来说，这两种运动都能让我感到平静和快乐，这种感觉就像露西娅跑步时感受到的那样。但是，即使我能掌握击球和滚球的技术，我也永远无法成为团队型队员。我会在比赛中对表现不佳的队友大发雷霆，这让我意识到自己更适合做一个独行侠。

　　我还打过一段时间的高尔夫球，水平也不错，周末的时候还能在悉尼西郊的球场上教人们打球，然后带着赚到的钱回家，这样在接下来的一周中我和露西娅就可以吃喝不愁了。但随之而来的还有压力，以及那些令我难以适应的各种礼仪规则。我发了太多的脾气，打折了太多的推杆，最终，我发现高尔夫球也不适合我。

说起我对赢得跑步产生的兴趣，那是一个很偶然的机会。当时我们已经离开伦敦，住在曼彻斯特。那是新年前夕，我正在听一位板球界的朋友丹滔滔不绝地讲述着他打算去参加春季的半程马拉松。他说要打破个人1小时45分钟的最好成绩。多亏了露西娅，我才对跑步有了充足的了解，知道丹是一位不错的选手，虽然不是最棒的，但比很多人都跑得好。丹当时的身体状态很好，我想他对自己能跑得更快充满信心也是正常的。

但他一直说个没完没了，于是我放下啤酒，说道："我想我能赢过你。"

丹笑了。音乐太吵了，他不得不靠过来一点，好确认自己没有听错。"你说什么？"

"我可以赢过你。这很容易。"

"你不是一个跑步者，迪恩，你不可能赢我。"

"丹，我很有信心，我甚至可以快你五分钟。"

从那以后就有点疯狂了。人们又笑又喊，很快交易就达成了。如果我不领先丹五分钟，我就带着他、他的妻子还有露西娅出去吃晚饭。如果我赢了，买单的人就是他了。

露西娅给了我一个眼神，我只是笑了笑，举起了手作为回应。在我看来，我刚刚为我俩赢得了一顿免费的高级晚餐。

比赛定在三月底进行，而在此之前我还有一座双峰要攀登。我已经跑了一两年了，但从来没有超过5公里。如果路程稍长，我就会感到无聊和厌倦。此外，我一直讨厌在天气寒冷或潮湿的时候跑步——而曼彻斯特的一月和二月除了又冷又湿，什么也没有。于是几个星期过去了，我的训练仍然没有开始。

谢天谢地，我很幸运。很多跑步者总是忍不住跑步后就急不可待地在推特上面发布自己的跑步时间，丹就是其中一个。每当我开始读到他跑得有多远，跑得有多快的时候，我就有了从沙发上站起来走上街头的动力。我知道只要强迫自己跑得比丹发布的时间更远更快，我就能赢过他。

我和丹、露西娅在起跑线上并排站着。丹看上去很健康，准备充足。露西娅也很享受这场比赛。我觉得自己和其他成千上万的跑步者格格不入，他们的运动装备看上去比我的都好。

"迪恩，你知道我对葡萄酒的品味很高，"丹说，"你需要第二笔抵押贷款来支付今晚的餐费喽。"

我什么也没说，只是笑了笑。

"说真的，伙计，"他说，看上去真的很担心，"你能行吗？天气太热了。不要把自己逼得太紧。"

我感到很紧张，嘴都干了，我所能做的就是把尽可能多的空气吸进肺里。

一声枪响，我们跑了起来。丹在我身边，我们以相当的速度前进着。露西娅被甩在了后面，我和丹则齐头并进。他看上去很强壮，很有控制力。跟上他的步伐让我觉得很好，很高兴我们终于上路了。

当我们通过第一个标志时，我突然想到，我只剩下19公里的路程来赢得比赛了，而且要赢五分钟。所以我做了自己唯一能想到的事：强迫自己以最快的速度跑了起来。

很快，我的肺开始疼痛，我觉得天空中没有足够的空气让我继续前行。我想稍微放慢脚步，恢复一下，但我强迫自己保持这种速度。我只有落下丹远一点，这样才有可能拥有那五分钟。

我一次也没有回头察看，因为这一点用都没有。如果我看到他离我很近，我可能会感到惊慌失措，如果他已经离我很远了，我可能就会不自觉地放慢速度。我知道这场比赛的输赢取决于我的意志力。只有保持专注，继续前进，才能避免分心。

丹说得对，那天天气很热。我以前从来没有在曼彻斯特的这个时候经历过这么热的天气，整个上午，人群的喧闹声被救护车的警报声所打破，他们跑着去帮助那些筋疲力尽的跑步者。

不过，对我来说，高温并算什么威胁。它就像一个受欢迎的朋友，让我想起了自己在澳大利亚度过的童年。夏天的时候，我会花几个小时打板球，或者在高达43到48度的高温下骑自行车。比赛时的温度比起澳大利亚来可差远了，但我还是发现随着温度的升高和路程的增加，我变得越来越强壮。

至少在18公里之前是这样，之后我逐渐放慢了脚步。

我的腿又麻又软，就好像有人把肌肉剥去了一半。但我仍然不停地奔跑，使劲地前进，提醒自己这关乎一件很重要的事情：自尊。

我以1小时34分的成绩越过了终点线，这是我有史以来第一次参加半程马拉松，比丹之前的个人最好成绩还快了9分钟。这就够了吗？他起跑时很快，训练也使他有机会打破这一成绩，我所能做的就是蹲下身子，让肺部慢慢恢复，看着时钟滴答滴答地走着，希望丹不要太快跑到终点。

露西亚比我晚五分钟多一点到达了终点。我们微笑着站在那里，等了足足十分钟，丹终于到了。

"出什么事了？"他缓了口气后说道，"你一溜烟儿跑掉了。你平时一定训练得很刻苦。"

我笑了笑，拍了拍他的背。"别再玩推特了，伙计。"

这次比赛的起跑场景和世界上其他比赛的起跑线并无二致：每个人都做着自己的事情来应对紧张感。我站在第二或第三排，试图通过东张西望来分散自己的注意力。汤米·陈也在那里，看上去很专注，而且状态很好。他的摄制组站在一边，旁边还有很多粉丝。"祝你好运，汤米。"有人喊道，"希望你打破记录！"

"谢谢。"我看到他脸上的笑容迅速消失了。他和我们一样紧张，也许比我们还要紧张。我知道他是超级马拉松冉冉升起的新星，他在当年举办的五场比赛中，第一场就得了第二名，因此也承受着很大的压力。

我最后检查了一下装备包，确保背带在我的胸前系紧，亮黄色的鳄鱼标把我的鞋子盖住。我知道今天的路程中包括沙丘地形，我最不希望发生的事情就是在接下来的四五个小时里，忍受着恼人的沙砾不停地刺激我的脚。

出发的号角响了，周边人群中发出的声音逐渐消失。比赛在一片广阔的草地上开始，起跑时，人们像往常一样涌到了中间位置。如果有人第一天就想要带头，我并不太介意。这就是这种比赛的美妙之处——比赛没有等级之分，世界级的运动员和自得其乐的业余选手同时起跑，如果你想跑在前面，并能保持下去，那就请便吧。

我已经猜到比赛开始的时候可能有点棘手，因为每个人都像往常一样挤成一团，我离大部队很远，不会出现在任何摄影镜头中，但如果我跑得够快的话，我就能在赛道变窄、进入岩石峡谷之前领先那些慢速选手。

我按计划跟在汤米后面。昨夜没有下雨，但岩石被晨露打湿。我努力稳步前进，但发现有点困难，汤米也好不到哪儿去。我想我们都知道，如果一步走错，扭伤了脚踝，就只能忍受着巨大的疼痛跑完接下来的240公里了。

我听到有人在我身后移动，之后便看到一个罗马尼亚人飞快地从我身边经过。他在岩石上蹦蹦跳跳，好像它们是小型蹦床一样。汤米发现自己被落在了后面，于是也加快脚步。他俩离我有点远了。稳住，我对自己说，不用担心。

在离开苏格兰之前，我和教练制定了一个完整的计划。我们回顾了之前的比赛，发现我经常犯同样的错误。我往往一开始表现不佳，然后随着时间的推移逐渐进入状态，特别是在跑80公里以上的路程时，我会用接下来的比赛弥补之前的损失。事实是，我并不是一个率先发力型选手，比赛中的每一次早起似乎总是给我沉重的打击。我经常发现自己在第一天比赛结束时落后领先者多达20分钟。

即使在跑步训练的时候，我也很难取得进步，在前一两公里，我总是怀疑自己是否还想继续跑下去。刚开始的几分钟，我觉得我宁愿做其他任何事情，就是不愿跑步。但如果我能坚持下去，情况就会变好，在跑步的最后阶段，我简直可以飞起来。

所以我相信，只要汤米和这个罗马尼亚人在我的视线里，我就可以超过他们。如果我在第一阶段接近尾声的时候保持速度，但又不过度劳累，那么在接下来的赛程中，我就会调整到最佳状态。

半天过去了，罗马尼亚人开始显出疲态，被我们远远落在身后，远到我已经听不见他的声音了。我抬头一看，一座沙丘出现在我面前。它又陡又宽，足足有90米高。我在摩洛哥见过沙丘，但眼前的这个似乎有些不同。路边的沙子看起来更硬更紧凑，但我需要跑上去的那段路却很软，几乎没有任何阻力。

在沙丘上奔跑有一个关键，我在第一次参加撒哈拉沙漠马拉松比赛时就学到了这一点。当时我不知道必须让步伐尽可能又短又快，以免沙子磨破脚底，延缓你的速度。我也不知道有时候较长的路比较短的路还要容易。结果，我在沙丘上跑步时就像喝得酩酊大醉一样，那一天我很晚才完成比赛，并且开始认真地考虑干脆退出算了。

汤米在我之前向沙丘发起冲锋，但也仅仅是几步之遥。很明显，戈壁沙漠不像撒哈拉沙漠，这一地区昨晚一定下过雨，所以沙子更黑、更粗糙了，只要稍微受到一点压力，它就会垮掉，像脆弱的泥土一样掉下来，有时我不得不用手去获取额外的抓力。我们不是跑上去的，而是爬上去的。

我们终于到达了山顶，也可以更清楚地看到那片沙丘。唯一的选择是沿着前面延伸近一公里的狭窄山峰继续奔跑。两边的沙丘都掉落下来，如果有人踩错了地方，他们就会掉到下面去。爬上来要花很长时间，从而浪费宝贵的时间和精力。

汤米很享受这里的风景。"看这儿的景色！"他喊道，"是不是很壮观？"

我什么也没说。我恐高，很害怕自己会掉下去。我尽可能小心翼翼地往前走着。不止一次，我的脚打滑了，我绝望地伸出双臂试图恢复平衡。我不在乎汤米是怎么看我的，我所能做的就是盯着脚下的路，希望沙子能撑得住我的重量。

　　虽然我很讨厌待在沙丘顶上，但在往下跑的时候，我才发现自己已经到了天堂。我把一点力量放在腿上，然后以最快的速度冲了下去。当我到底的时候，我超过了汤米。我感觉到了他的惊讶，听见他紧紧地跟在我后面。

　　我们并肩跑了一会儿，交替领先。这条路线带领我们穿过了泥泞的田野，越过了桥梁，旁边还有一个巨大的水库。再过几天，戈壁就会变成浩瀚的沙漠，酷热难当。我们穿过了一些偏远的山村，它们仿佛属于另一个世纪。摇摇欲坠的建筑物像废弃的电影布景一样散落在地上。偶尔我们会看到一个当地人站在那里，默默地盯着我们。他们沉默着，但似乎也没有被我们所打扰。不管怎样，这对我来说都没有任何影响。那时我正在飞翔，满心祈祷戈壁沙漠的比赛不要成为自己的最后一场演出。

第四章　小狗

　　我出生在新南威尔士州的悉尼，但却在昆士兰州一个叫沃里克的内陆小镇长大。这是一个我认识的人大都没有去过，但却人人都听说过的地方。这是一个农业小镇，有着传统的价值观和对家庭的强烈归属感。如今沃里克发生了很大的变化，变成了一个充满活力的小城市，而在我十几岁的时候，沃里克是那种直到周五晚上才会人头攒动的地方。酒吧里挤满了努力工作后的人们，他们想在晚上玩个痛快，喝上几杯啤酒，打几次架，再开车去趟加油站——任何一个真正的澳大利亚人都把加油站称为"服务站"——去那里吃个肉饼，因为肉饼整天都放在炉子上，硬得像块石头。

这些人都是好人，但当时那是一个小圈子，每个人都知道别人的家长里短。我知道自己并不在这个圈子中。

促使人们做出恶劣反应的不只是我出生时的传闻，还有我的行为表现，以及我将来会成为一个什么样的人。我从一个礼貌、招人喜爱的小孩变成了一个笨手笨脚、大声喧哗的"眼中钉"。到我十四岁时，我成了班上的捣蛋鬼，我那些哗众取宠的话惹得老师们很生气，我经常会被赶出教室，然后大摇大摆地走出校门，来到加油站喝个下午茶，而其他的傻瓜还留在教室里上课。

当我的学年结束时，校长和我们每个人握手，并在期末大会上友善地谈论着我们的未来，而他只对我说了一句话："我将在监狱里见到你。"

当然，这一切都是事出有因的，不仅仅是失去父亲的痛苦——不止一次，而是两次。

我的崩溃是因为我分崩离析的家。

失去丈夫对妈妈打击很大。真的很大。她自己的父亲从二战的创伤中归来，像很多男人一样，开始用酗酒来麻痹疼痛。妈妈的童年教育她，当父母争吵时，孩子们躲起来会更安全。

所以，当妈妈在三十出头就成了寡妇，还带着两个年幼的孩子时，她只能用她知道的唯一方法来应对：逃避。

我记得在那些日子里，她把自己锁在卧室中。偶尔我会看到她出来上厕所或去厨房，但充其量她只是房子里的一个影子。我会做鸡蛋吐司或意大利面罐头吃，或者去奶奶家、其他邻居家，再或者，如果是星期天，就去教堂。

妈妈会经历这样的阶段，她痴迷于让房子一尘不染。她强迫自己打扫，偶尔自己做饭时，她会疯狂地打扫厨房两个小时。我和妹妹从来没有做对的事情。孩子就是孩子，我们会掉落面包渣，在窗户上留下手指印，或洗澡超过3分钟。任何一件事都会让妈妈火冒三丈。

我们那块地有几英亩，到处都是树和花坛。虽然爸爸妈妈过去很喜欢一起工作，但现在一切都变了，我得负责保持那里的整洁。我必须每周割草，每天早晨上学前至少给一个花坛除草。

如果我不做这些家务，我的生活就会变得痛苦不堪。妈妈开始时只是抱怨，但不久就会大喊大叫起来。

"你真没用，"她说，"我希望我从来没生过你……你就是我人生的一个错误……我讨厌你。"

我也会吵着回嘴，很快我们就开始互骂。有时她会用鸡毛掸子的藤柄打我，伸手抓住我的胳膊，在我的皮肤上留下深深的血痕。

妈妈从未道歉。我也是。

我们从早吵到晚。我从学校回来，觉得自己在家里如履薄冰，如果我弄出一点声响或以任何方式打扰她，同样的噩梦就会重新上演。

最终，在我14岁的时候，妈妈再也忍受不了我了。有一天，我正在处理自己受伤的胳膊，她说道："你出去吧。"妈妈一边说着，一边从碗柜里拿出了她的清洁用品，"我已经受够了争吵，你去楼下住吧。"

我们的家是个两层楼的房子，但重要的东西都在楼上。楼下是房子里无人问津的地方。我和克里斯蒂小的时候会在楼下玩，那时候楼下还是个游戏室，但现在已经是个垃圾场了。那儿有个厕所，但几乎没有任何自然光，还有一大片地方仍然堆满了建筑材料。对妈妈来说最重要的是，地下室的楼梯有一扇门可以锁上。一旦我到了那里，我就被困住了，不再是楼上家庭生活的一部分。

我没跟她争吵。我心里其实也很想远离她。

于是我拿着床垫和衣服，开始了新的生活——这种新生活里，妈妈会在我该起床吃饭或上学的时候开门。除此之外，如果我在家，我就会被关起来。

我最怨恨的并不是自己像个囚犯一样被囚禁起来，我怨恨的是那黑暗。

盖里死后不久，我开始梦游。当我搬到楼下住的时候，情况变得更糟了。我经常会在醒来的时候发现自己的周围都是破瓦片。周围一片漆黑，让我恐惧万分，而且不知道电灯的开关在哪里。

一切都变得可怕起来，我的梦里充斥着《猛鬼街》中的弗莱迪·克鲁格等候在我的房间外的噩梦画面。

大多数晚上，当我听到门锁转动的声音时，我都会倒在床上，对着我小时候就有的饼干怪兽泰迪呜咽。

— ✳ —

通常我在比赛时不会带床垫，但我担心在戈壁沙漠跑步时腿伤会突然发作，所以特意带了一张。第一天快结束时，我把床垫吹了起来，想休息一下。我随身带了一个iPod，但没有闲心使用它。我只是躺在床上，回想着今天的比赛。我很高兴能获得第三名，尤其是因为我、汤米和一个叫朱利安的罗马尼亚人之间只隔了一两分钟的时间。

我们住在蒙古包里，而不是军用帐篷，我期待着天气变暖、变好。不过，与此同时，我猜想得等上一段时间，同寝的其他人才会回来。我吃了一点比尔通，然后就蜷缩在睡袋里。

前两个人只花了一个小时左右就回来了。当我第一次意识到他们在说话时，我还在打着瞌睡。一个名叫理查德的室友说，"哇哦！迪恩已经回来了！"我抬起头，冲他一笑，打了个招呼，然后祝贺他们完成了第一阶段的赛程。

理查德接着说，他打算在那三个澳门人一进来就和他们谈谈。第一个晚上我睡了一夜，但据理查德说，他们很晚才睡，一直在收拾包裹，而且很早就起来不停地聊天。

我对此并不太担心，不一会儿又睡着了，想着露西娅，想着她当初是怎么让我开始跑步的。

— ✳ —

一切都始于我们住在新西兰的时候。露西娅当时管理着一家生态旅馆，我则为一个葡萄酒出口商工作。我们的生活是美好的，为了食物而奔波于高尔夫球场的日子已经一去不复返了。更棒的是，我们的工作都有很多额外待遇，比如免费的葡萄酒和外出就餐。每天晚上我们都会喝点小酒，周末我们会出去吃饭。早上，我们会带着圣伯纳犬科特利（以传奇板球运动员科特利·安布罗斯命名）出去散步，中途会在一家咖啡馆停下来，吃点红薯玉米油饼或全煎蛋。我们会在回家的路上吃点糕点，在午餐时开一瓶酒，然后晚上出去吃一顿三道菜的大餐，再喝点酒。随后我们会再带科特利散散步，买个冰淇淋。

人们会说我是个大块头，他们是对的。那时我重达109公斤，比我一生中任何时候都要重。我不再运动，还偷偷抽烟，我的沙发上还留下了我看体育节目时压出的大坑。那年我26岁，但正在慢慢消磨自己的生命。

当我和露西娅结交了一些喜爱跑步和健身的新朋友时，一切都发生了变化。她开始注意自己的健康并开始减肥。她解释说，她想在穿比基尼时看起来更漂亮，而我——就像我家乡的典型男人一样——告诉她，这很可笑。

但是我不相信自己所说的。我知道她是个坚强的人，一旦下定决心，就会坚持到底。

露西娅很快就开始跑步，并且在4.8公里的距离内越跑越快。

"布巴，你实在太不健康了，"她说，并且用我讨厌的名字称呼我，"我现在跑得比你快多了。"

当时我正躺在沙发上看板球。"别傻了，我可以轻松跑赢你。你才跑了六个星期。"

在我的心目中，自己仍然是一名运动员。我还是那个可以整天和朋友们一起打板球或者到处跑的孩子。除此之外，我还有露西娅所没有的特质——一种杀手级的竞争本能。我十几岁的时候就参加并且赢了许多比赛，所以我相信，无论她向我提出什么挑战，我都能打败她。

我找到了短裤和网球鞋，跨过正在门前的台阶上熟睡的科特利，和露西娅一起走到街上。

"你确定自己准备好了吗，布巴？"

我不屑地哼了一声。"你是在开玩笑吧？你不可能赢的。"

"那好吧。我们开始。"

我们保持着同样的速度——刚开始时是这样。然后，露西娅开始超过我。虽然大脑要求我跟上节奏，但这是不可能的。这已经是我最快的速度了。我就像一个中途熄火的老蒸汽压路机，速度越来越慢。

跑到后来，我不得已停了下来。前面的路稍稍有个拐弯，通往一座小山。挫败感使我的心情万分沉重。

我弯下腰，双手放在膝盖上，干咳着，喘着气。我抬起头，看到露西娅在我前面。她回头看了我一下，然后继续向山上跑去。

我被激怒了。自己怎么会被打败呢？我转身往家走去。每走一步，都能感受到愤怒的情绪，与之相伴的还有恐慌。

她变得越健康，体重减下去越多，我失去她的风险就越大。从开始跑步的那天起，我就知道她不会停下来，这不会是一时兴起的事情，她很有决心，我知道她会一直坚持下去，直到她达到目的为止。等那一天真的来临，她为什么还要和我这样一个胖子待在一起呢？

我又醒了过来，但这一次听到的是三个中国澳门人回到帐篷里的声音。他们都为完成了第一阶段的比赛而兴奋不已，此刻正摊开装备箱，寻找各自的晚餐。就在这个时候，理查德摘下耳机，开始用我听起来很标准的普通话和他们交谈。

从他们的反应来看，他们听懂了理查德说的每一个字，而且都很认真地在听。他们看起来像是被训斥的小学生，不知道该往哪里看。当理查德讲完时，指向了我。他们都默默地盯着我看，然后从包里抓起食物，溜出了帐篷。

"你说了什么？"帐篷里的英国人艾伦问道。

"我告诉他们，今晚他们必须保持安静，有纪律一些。必须在晚饭前把东西整理好，然后回来休息。那个家伙是为了赢得比赛而来的。"

他们都转过身来看着我。

"他说的是真的吗？"艾伦问道，"你来这里是为了赢得比赛吗？"

"嗯，是的。"我说，"我不是来玩乐的，如果你是这个意思的话。"

理查德笑了，"我们看出来了。你不太擅长交际，对不对？"

我也笑了。我喜欢这个家伙。

"是的，一部分原因是我有些冷淡，另一部分是因为我就是这样度过比赛的。"我顿了顿，"但是谢谢你对他们这么说。"

当我拖着沉重的脚步从睡袋里走出来，拎着那天晚上要吃的脱水食物，漫步在帐篷外面的时候，已经是晚上六点半了。虽然我们不得不自己携带比赛所需的食物、床上用品和衣服，但比赛组织方至少为我们提供了饮用水。所以我去找了几瓶热水，准备自己的墨西哥肉酱味脱水饭。饭吃起来味道寡淡，和以往吃过的味道一样，但我告诉自己，我来这里不是为了玩乐的，饭里含有我所需的最低卡路里，我必须把它吃干净。

大家围坐在另一边聊天。那里生起了一堆篝火，我喜欢在篝火的微光中休息一会儿，但没有空椅子了。于是我索性蹲下来吃。从包角里掏出最后一点食物之后，我便走回了帐篷。这是美好的一天——事实上是完美的一天——但是我需要好好睡一觉，这样明天才能有同样完美的一天来保持我的第三名成绩。我以一个无名小卒的身份开始这场比赛，而从现在开始，我猜人们在比赛中会更加注意我。但这可能会带来麻烦。

就在我站起来的时候，我看见了那只狗。它大约有30厘米高，沙色的毛，大大的黑眼睛，还长着滑稽的胡须。它在椅子间穿来穿去，用后腿站立起来，吸引人们给它一些吃的。但是在比赛前期，想让运动员们放弃他们的食物可不是件容易的事。

真是聪明的狗，我想。但我不可能喂它。

第二部分

相　伴

第五章　她

帐篷里太热了，整晚我几乎无法入睡，但当我第二天早上走出帐篷时，外面冷得我直打哆嗦。地面是湿的，前方的天山被低矮的乌云覆盖着，看样子肯定还会下雨。

离早上八点出发还有几分钟，我在队伍最前面的起跑线上坐了下来。昨天获得第三名后，我觉得自己属于这儿。

与昨天相比，人们已经没那么紧张了。尽管我尽力排除一切干扰，专注于接下来的挑战，但还是能听到他们之中一些人在笑。我知道我们要爬上一公里又一公里的山路，然后是一些危险的下坡。现在已经是2280米的海拔，我猜有些参赛者已经在缺氧中挣扎了。而今天的终点在海拔2743米，这会让比赛变得更加困难。

我的注意力被后面更多的笑声和欢呼声打断了。

"是那只狗！"

"太可爱了！"

我低头一看，还是昨天晚上那只狗。它站在我的脚边，盯着我鞋子上的亮黄色鳄鱼标。就这样，它愣了一会儿，不停地摇着尾巴。然后做了一件无比奇怪的事。它抬起头来，黑色的眼睛首先看向我的双腿，接着看向我穿着黄衬衫的上身，最后望向我的脸庞。它直视着我的眼睛，我无法把目光移开。

"你很可爱，"我低声说，"但如果你不打算被100个追着你跑的人踩踏，最好跑快点。"

我望了望四周，看是否有人会在比赛开始前把它带走。其他几个参赛者对上了我的目光，还微笑着对狗点点头，但是没有一个当地人或是工作人员注意到它。

"有人知道这只狗是谁的吗？"我问道，没人回答。他们正专注于赛前十秒钟的倒计时。

"九……八……七……"

我低下头。那只狗还站在我的脚边，只是现在它不再盯着我看，而是嗅着我鞋上的鳄鱼图案。

"你最好走开，小狗，否则你会被踩扁的。"

"六……五……四……"

"走开，"我说，想让它动一动，但并不管用。它顽皮地扑上来咬了一口鳄鱼标，然后跳回去，趴在地上，准备再次扑上来嗅一嗅，咬一咬。

比赛开始了，当我出发的时候，狗和我一起跑了起来。现在鳄鱼动起来了，这个游戏变得更有意思了，那只狗围着我的脚来回转，好像这是有史以来最有趣的游戏。

在我看来，如果这个有趣的时刻持续太久，可能会变得相当烦人。我最不想看到的就是自己被小狗绊倒而受伤。不过，我知道前面有一段很长的单人跑道，在那里想要超过一群慢跑者是非常困难的，所以我想保持目前这个速度，保持与领先者在一起的位置。

跑了400米后，我回头一看，发现狗不见了，松了一口气。可能它是回到营地的主人那里去了，我想。

　　赛道变窄了，我们进入了一段绵延几公里的平坦森林地带。我跑在第二位，落后于一个以前我从未见过的中国人几米的距离。每隔一段时间，他就会错过一个标记——那是一个CD盒大小的粉色纸方块，上面绑着一根细细的金属钉。它们很容易被发现，森林里每隔3到6米就有一个。

　　"嘿！"有几次他拐错了弯，直奔森林深处而去，我会大喊提醒他。等他追回来，然后再跟在他后面。我本可以让他自己去找方向，或者大声喊出我的警告，然后继续向前跑，但是极限赛跑者有特定的做事方式。如果我们要战胜某人，我们希望是因为自己更快更强，而不是耍了心计，或者在我们可以帮忙的时候拒绝提供帮助。毕竟，像我们这般如此消耗体力，每个人都会偶尔犯错。你永远不知道自己什么时候会需要别人帮助。

　　当小路开始向山上延伸时，森林逐渐消失了。我保持着每英里6分钟的速度，集中精力保持步伐短、脚步快的奔跑方式。我的身体还记得我和教练一起站在跑步机旁时，他为我设计的跑步节奏。一开始，他大喊着"1-2-3—1-2-3"的声音简直是一种折磨，经过几次这样一个小时的跑步训练，跑三分钟休息一分钟，我的腿终于适应了。如果想跑得快一点，并且不再感到疼痛，我别无选择，只能学习用这种方式跑步。

这时，我眼睛的余光看到有东西在动，便忍不住低头看了一下。又是那只狗。这次它对我鞋子上的鳄鱼不感兴趣了，而是似乎很高兴能在我身边小跑。

好奇怪，我想，它在这里做什么？

我继续向前朝着斜坡跑去。前面那个中国人已经和我拉开了一段距离，我听不见身后有人。只有我和狗，肩并肩，冲进了急转弯。

这条路被一条水沟阻断了，只有1米宽，我想也没想，大步跨过湍急的水流。

我感觉得到那只狗停了下来。它开始吠叫，然后发出了一种奇怪的呜咽声。我没有回头看，我从来不在比赛中回头。相反，我保持着冷静，继续前进。据我所知，这只狗应该属于营地附近的某个人。这个小家伙今天锻炼得很好，骗到了一些参赛者的高热量食物，现在该回家了。

— ❋ —

"当上帝分发大脑时，你以为他在分发奶昔，所以你要了一份稠的。"

妈妈以前总是这样对我说。我并不觉得这个笑话有多好笑，所以总是假装没听见。

也许这就是为什么当我15岁的时候，我告诉她自己要离开这个肮脏的地下室，搬去和一个朋友住，她几乎什么都没说。我想，既然我已经尽可能地只和朋友们待在一起——当我和妈妈在一起时，只有无休止地争吵，互相辱骂，就像拳击运动员赛前称重时一样——一点儿也不让人感到意外。事实上，这可能是一种解脱。

我搬去和一个叫迪翁的人一起住。"迪恩和迪翁？"当迪翁介绍我时，经营这家青年旅馆的女人问道，"你是在开玩笑吧？"

"没有，"迪翁说，"是真的。"

她哼了一声，咕哝着走开了，"随便吧。"

迪翁比我大一岁，早就不上学了，他以前是一名瓦匠学徒。

他在家里也有自己的烦恼：对他漠不关心的妈妈和把所有注意力都集中在自己女儿身上的继父——迪翁同父异母的妹妹。

虽然我们最终都从家里的争斗中解脱出来，但我们都对旅社的生活不太感兴趣。这里的墙像纸一样薄，其他住户都比我们年长，我们总是处在惊吓之中。他们之中有无家可归的人、旅行者，还有醉汉。放在公共区域的食物总会被偷走，几乎每个晚上，整个旅社都会被打斗声吵醒。

当我还在学校的时候，我也做了一份给伺服系统加油的兼职工作，赚了一些钱，但这远远不够，我不得不靠迪翁来帮助弥补每周的亏空。

我只是勉强赶上学校的学习进度，但说实话，没有一个老师关心我住在哪里，以及我如何应对离家后的生活。事实上，我想他们甚至不知道我的新生活，而我也乐于保持现状。我总是尴尬地回到旅店，试图对同学们隐瞒这些，他们都拥有完美、充满爱的家庭。

迪翁是那种能把鸟儿从树上引诱下来的人。我们会在周五或周六晚上溜进酒吧，喝几杯啤酒，试着和一些女孩搭讪。我会让迪翁和她们聊天跳舞。在那个年代，像我这样生长于城镇里的澳洲小伙子是不跳舞的。不可避免的是，当迪翁最后从舞池里出来的时候，他总会受到辱骂，甚至是拳打脚踢，而他只是一笑置之。

一个周日的下午，我们正躺在铺位上消磨时间，突然听到外面走廊里有人在喊迪翁的名字，说要杀了他，因为他和自己的女朋友上床了。

我们俩都僵住了。我盯着迪翁，他第一次真正地为自己的生命感到担忧。我们在旅社居住的时候，一直试图表现得很强硬，但毕竟我们只是孩子——那一刻真的很害怕自己的头被人踢打。幸运的是，外面的人不知道我们住哪个房间，他们在走廊里走来走去，最后终于离开了。但这足以震慑到我们，要尽快搬出旅社才行。

"大饭店"离旅社只有一步之遥，其实这里根本算不上什么酒店，只是一家酒吧，顶层有几间可供出租的房间。那里没有瘾君子、酒鬼和流浪汉，而是一些铁路或当地肉制品工厂工人的家。其中有个人是前职业台球选手，他曾经打败过全国冠军，但却把自己的天赋都用来喝酒了。还有一个旅行者，他把钱花光了，就决定把这里作为自己的家。我很喜欢听他说话。"任何地方都可以，"他说，"只要你能够接受它的缺点。"

我在大饭店比在旅社更快乐。我喜欢和这样的人生活在一起，他们选择了自己的命运，并且很快乐，即使这意味着没有完美的妻子、房子和家庭。和他们生活在一起很自由，这也是多年来第一次，我觉得妈妈说的我是无用且不受欢迎的，是一个错误的产物，可能不一定是真的。

也许我应该学会遗忘。

我跑到水沟6米开外的地方，狗的吠叫声和呜咽声一直在持续，然后便是一片寂静。有那么一瞬间，我希望那只狗没有掉进水里，但还没等我多想，身边就出现了一道熟悉的棕色闪光。狗又来到了我的身边。

你可真是个意志坚定的小东西，不是吗？

不久，随着气温下降，跑道变得更陡了。寒冷的空气使我的脸和手指变得麻木，但我却在出汗。不断上升的高度使我感到呼吸急促，有点头晕。如果我想在上坡时持续不停的话，就必须比平时更加努力。

我讨厌在山地跑步。尽管我住在爱丁堡，四周环绕着风景秀丽的苏格兰高地，但只要有可能，我还是会尽量避免跑到外面或山上，尤其是在潮湿、寒冷和刮风的时候。但如果是在43度高温烘烤的沙漠，我就会像其他跑步者一样快乐。

我放慢了步伐，因为向前的每一步都变成了战斗。四周都是雪，有一段路甚至是沿着冰川前行的。我猜想在这么高的地方一定有一些非常壮观的景色，但我也庆幸云层很低，除了一堵厚厚的灰色雾墙，什么也看不见。它给人一种超现实的感觉，我迫不及待地想要结束这一切。

打卡点终于出现了，我能听到人们像往常一样发出鼓励的呐喊。

他们一看见那只狗，就喊得更大声了。

"那只狗又来了！"

我几乎把身边的小家伙给忘了。在我艰难地在山路上跑的时候，那只狗一直跟在我后面，蹦蹦跳跳地跑着，仿佛在如此高的海拔奔跑是世界上最轻松的事情。

一旦跑进打卡点，就会面临一系列常见的提问，包括我的感觉如何，以及是否一直在补水。打卡点的设立是为了让运动员们有机会灌满水瓶，同时也便于赛事组检查，以确保我们能够继续比赛。

然而，这一次，小狗比我更受关注。当这只狗在打卡点的帐篷里嗅来嗅去时，几名志愿者拍下了一些照片。当我将瓶子装满水，走出帐篷，准备继续比赛时，有一半的人以为它不会再跟随我，而是去找其他更好的"饭票"了。

但是当我和鞋上的黄色鳄鱼开始奔跑时，那只狗立刻就跟了上来。

如果说跑到山顶很艰难，那么下山就是另一种独特的痛苦。超过8公里的下山之路，是一条布满岩石和松散石块的小路。这对关节的损害很大，但像其他的跑步者一样，如果我不是百分之百的尽力在跑，就会被后面的人赶超。

而事实就是这样。我感到行动迟缓，下山的时候很难以最快的速度奔跑。很快，汤米就从我身边超了过去，紧接着是朱利安，那个罗马尼亚人。

我对自己在上山时太过耗力感到恼火。这是个低级失误，那种以为自己已经长大了的错误。

我赶紧停止对自己的恼火，因为生气可能会导致我犯另一个低级失误。有段时间，我会被自己犯的错误困扰。在短短几公里的赛程中，挫折感会越来越强烈，直到我对比赛失去了兴趣，放弃比赛为止。

我试着把注意力分散在周围的景色上。从山上下来的时候，我看到前面像是有一个巨大的湖，在灰色的天空下伸展开来，又宽又黑。但当我靠近时，就发现那根本不是一个湖，而是一大片黑色的沙砾。

当道路变得平坦时，我稳定地以每英里6.5分钟的速度前进，冲过了最后一个打卡点，但是没有停下来喝水。我看到汤米、曾（之前遇到的那名中国人）和朱利安在前面，并且发现他们并没有像我担心的那样拉开差距。他们之间的竞争几近白热化，离终点只有不到1.6公里了，我根本追不上他们。但我并不是很在意，现在的感觉很好，我的腿没有任何疼痛的迹象。每当一名运动员冲过终点线时，我都能听到鼓声。我知道，以第四名的成绩结束今天的比赛，足以让我保持在总成绩第三的位置。

就像今天的每个打卡点一样，这只狗在比赛结束时也成为众人关注的焦点。人们都在拍照和录像，为这只棕色的小狗冲过终点线而欢呼。这只狗似乎很享受被关注的感觉，我敢发誓它是在和大家玩耍，并且尾巴摇得更欢了。

汤米比我早一两分钟结束比赛，他也加入了鼓掌的行列。"是那只狗，伙计！它一整天都在跟着你！"

"它喝水了吗？"一个志愿者问。

"我不知道，"我说，"也许它在路上喝了一些小溪里的水。"我觉得有点不好受，我不喜欢它又渴又饿的样子。

有人找到了一个小水桶，给狗倒了一些水。它贪婪地舔着，显然很渴。

我往后退了一步，想把狗留在那里，离人群远一点。又一次，我想，它可能会跑开，去找别人跟着。但它没有，一喝完水，它就抬起头来，盯着我鞋子上的黄色鳄鱼，小跑到我身边。

无论我走到哪儿，它都慢慢地跟着。

帐篷里很热，我很高兴可怕的高山寒气被留在了山上。从现在开始，比赛的重点将是如何应对高温，而不是在寒冷中挣扎。从明天起，我们将进入戈壁沙漠。我已经有些迫不及待了。

我刚在帐篷里坐下，那只狗就蜷缩在了我旁边——而我开始考虑细菌和疾病的问题了。在长达一周的比赛中，尽可能地保持清洁是至关重要的，因为没有淋浴或洗手盆，人们很容易因为接触东西而生病。

那只狗正直勾勾地盯着我的眼睛，就像早上一样。离下午六点半的晚饭时间还有几个小时，所以我拿出了一包坚果和干肉条。那只狗死死地盯着我。

嘴里正叼着一块肉干的我突然想到，这只狗一整天都没吃东西。它跑完了马拉松比赛中最艰难的部分，但它并没有试图乞求或偷吃我面前的食物。

"给你，"我说着，把一半肉干扔到面前的防水布上，直觉告诉我，不能冒险用手喂它。狗嚼了嚼肉干，吞了下去，然后转了几圈，躺了下来。没过几秒，它就打起鼾来，然后抽搐着，伴随着呜咽声越睡越深。

我一觉醒来，听到一些人像小学生一样正轻声细语地交谈。

"啊，好可爱啊！"

"那不是昨晚的那只狗吗？你听说她整天跟着他吗？"

她？这只狗整天跟着我跑，但我从来没有想过它的性别问题。

我睁开了眼睛。那只狗直直地盯着我，比我想象的还要深沉。我确认了一下，他们说的没错，它是母的。

"是的，"我对理查德和其他人说道，"她一整天都陪着我，就好像她身上装了一个小马达。"

有些人喂她吃东西，她又一次接受了别人给她的任何恩赐，而且表现得很温柔。她好像知道自己在这里得到了很好的待遇，她需要表现得更好一点。

我告诉那些家伙，我一直在想她是从哪儿来的，我猜她一定是属于我们前一天晚上住过的蒙古包的主人。

"我不这么认为，"理查德说，"我听到其他一些参赛者说她昨天和他们一起去沙丘了。"

这意味着她在这两天里跑了将近80公里。我吓了一跳。

这也意味着她不属于前一个营地的人，也不属于任何一个比赛工作人员。

"你知道你现在应该做什么了吧，对吗？"理查德说。

"什么？"

"你得给她起个名字啊。"

第六章　信任

　　我跑了一公里左右就停了下来，咒骂着自己的愚蠢。

　　在过去的24小时里，我们遇到了各种各样的天气，从上山的雨雪天气到下山回到营地的干热天气。整个晚上，狂风撕裂着帐篷，我起床的时候，气温是有史以来最低的。

　　我感到十分困惑。我一直盼望着这一天的到来，我知道天气会变得更热，但结果却发现自己在起跑线上瑟瑟发抖。其他的选手正在进行赛前训练，而我扔掉了背包，在里面翻来翻去，拿出了我的轻便外套，这彻底打乱了我精心安排的赛前准备。

现在我又想把它脱下来。几分钟后，太阳出来了，气温开始上升。我本应该对此感到高兴，但却总感觉自己在潮湿的天气里有些过热了。还有五个小时的艰苦奔跑，我别无选择，只好停下来。

当我拉开拉链，解开塑料纽扣，把外套敞开时，我注意到汤米、朱利安和另外两人跑了过去，抢在了我的前面。

然后又有一个跑步者跑了过来，我笑了笑。

"嘿，戈壁，"我说，用的是我前一天晚上给她起的名字。"你改变主意了，对吗？"

她整个晚上都蜷缩在我的身边，可是当我早上到达起跑线时，她就消失在人群中了。我太在意天气了，没有为她担心。另外，如果说过去24小时的时间教会了我什么的话，那就是她是个意志坚定的小东西。如果哪一天她有别的安排，我又怎么可能阻挡她呢？

但戈壁就在这儿，我系好背包，她抬头看着我，然后又低下头看着我的鳄鱼。她准备开跑了，我也是。

我拼命地想再次追上那些领先的人，但很快就被挤到他们后面去了。我知道比赛还有很长一段路程，还要经过一段巨石地段，我还记得我们第一天到达类似的地形时，朱利安的双脚是多么的轻盈。我不想再看到他从我身边跳过去，所以我奋力超过了第三和第四名，然后超过了朱利安和汤米。

再次跑在前面的感觉真好。我两腿发麻，头也抬了起来。我能听到自己和其他人之间的差距随着时间的流逝而变得越来越大。我拼命奔跑，每当我累了的时候，就迅速地向下瞥一眼戈壁。她对跑步技术和比赛策略一无所知，甚至不知道我打算跑多远。她自由地奔跑，因为那是她的本能。

我沿着粉红色的标记一直走到了巨石地段，平坦的小路向右拐去，但是标记一直向前延伸，穿过看上去并不稳固的岩石，没有办法躲开它们，于是我爬了上去，感觉脚下的小岩石在来回移动。我希望自己不会扭伤脚踝，同时很羡慕戈壁能毫不费力地跨过去。

我知道朱利安在这一段会比我快一点，我们接近山顶时，我能听到他正在向我逼近。最终我到达了山顶，但没有继续向前，而是尽可能地拖延他，我冻僵了。

站在山顶，我可以俯瞰下面的一切。检查站离我们很远，前面还有一个小村庄。我可以看到巨石路段在我们前面又倾斜了300米，粉红色的比赛标记绘制着整个路线，它最终回到了通往村庄、检查站和更远地方的那条平坦的道路上。

这些都不是我所看到的。

我的目光，就像朱利安和其他两个跑在他身边的人一样，紧紧地盯着那个向右边跑去的孤独身影。

那是汤米。

"哇，"朱利安说，"作弊。"

很显然，汤米绕过了整块巨石地段，为自己赢得了一点时间。据我估算，他比我们快了十分钟。

我们三个人都很生气，但是汤米跑得太远了，即使我们大喊大叫，他也听不见。于是我们一起出发了，肚子里又燃起了战火，决心赶上他。

我们跑过村庄的时候，可以在前面的检查站看到汤米，可当我们到达的时候，他已经在几百米外的山脊上消失了。

我决定多休息一会儿，好来拉响警报，确保有人把发生的这些事情都记录下来。我第一次试图解释的时候，赛事组的人看着我，就好像我是个白痴一样。

"请再说一遍好吗？"她说。

"汤米·陈避开了整个巨石地段。这是作弊，他应该受到惩罚。"

"我们稍后再调查这个，"她说道，没有理会我。

"汤米抄近路，"曾说道，他和我们一样看到了这一切，"这样做不对。"

她似乎也不怎么在意。很快我们就离开了检查站，试图赶上汤米。他领先我们将近1.6公里的艰难路程，我一路上都很愤怒，我把速度提高到每英里6.5分钟，想赶上他。朱利安和其他人被甩开了一些，但我并没有关注他们，我在执行任务。

小路高低起伏，偶尔我才能看到汤米。有一段时间，我们之间只有800米的距离，他转过身来，看到我拼命朝他跑去，于是又转了过去，以最快的速度全速奔跑。

我简直不敢相信。

这些比赛有个规矩。当你发觉自己占了另一个跑步者的便宜，你就应该减缓速度，让他们迎头赶上，恢复到正常的顺位。当你像汤米那样被当场抓住的时候，最好的办法就是立刻道歉，并且还要表现出一点谦卑。

我只能看到汤米的脚后跟。

我紧紧地追着他，但在如此努力地缩小差距之后，我却变得更加愤怒，很快我就觉得有些累了。我听到身后有脚步声，朱利安超过了我。气温开始上升，比赛进入到了一条又长又平的道路上，一直延伸到几公里之外。我开始感到无聊，然后对自己感到很沮丧。

以前的经验告诉我，这种感觉是有害的。但它也教会了我如何去应对。

在我第一次的全程马拉松比赛中，终点设置得比其他马拉松增加了10公里，不过我在跑到32公里的时候就开始感到疲劳。当我跑到42公里的时候，已经完全跑不动了。我不喜欢跑步，我受够了那些大我很多岁数的人超越我。我这么做只是为了和露西娅作伴，尽管我想要体面地在三个半小时内完成42.16公里的赛程，但最终还是放弃了。我走出了赛道，回到车上，等着露西娅和我一起离开。

这一等就是好几个小时。

我坐在车子里，看着赛场上的其他人都在努力奔跑，而我自己却没有准备好这么做，我开始对自己感到失望了。

赛道变窄了，那些在赛场上奔跑的人是把这场比赛看作一生成就的人。露西娅比他们所有人都更健康、速度更快、身体更强壮，我开始想知道比赛的最终结果了。最后我下了车，沿着赛道的最后1.6公里往回走，去寻找她。我很快就找到了她，她和一个明显腿受了伤的家伙一起慢慢地跑着。比赛快结束的时候，露西娅一直在与疲劳进行斗争，但她挺了过来。

我看着她冲过终点线，自己开始哽咽。从那以后，露西娅表现出的精神力量和同情心一直伴随着我。我在比赛的时候经常模仿她，在我最好的状态下，我能克服各种各样的痛苦和不适。但总有那么几天，要求我放弃的声音比要求我继续前进的声音还要大，那才是最艰难的日子。

我看着朱利安消失在了远处，也尽量不去想汤米走了多远，我知道自己是在想念露西娅。但只要我瞥一眼戈壁，就足以让我重新集中注意力，忘掉和汤米相关的事。她还在我身边，还在蹦蹦跳跳地跑着。在这里，是戈壁让我有了继续前进的动力。

长长的平地赛段结束了，取而代之的是灌木丛。在比赛的第一阶段，我发现，如果戈壁看到一条小溪或是水坑，她偶尔会跑到赛道边上喝点水。因为在巨石区我们没有看到任何水，我在想是不是需要给她喝点我的水。我不想停下来，但我也开始觉得自己有责任为这只小狗的健康负责。她不是一只大狗，她的腿不比我的手长多少。跑步对她来说一定很辛苦。

所以，当我看到前面有小溪的时候，终于松了一口气。戈壁小跑着过去，喝了点水，但如果她能看到我所看到的场景，她就不会再这么高兴了。

我可以看到朱利安，他在这条至少有45米宽的河对岸。我记得几小时前，我在起跑线上瑟瑟发抖的时候，组织者就说过这件事。水会没到我的膝盖那么高，但还是可以走过去的。

朱利安的出现激励了我，我毫不犹豫地走到了河水中，同时检查了一下我的背包是否系得很紧，背得够高。天气比我想象中还要冷，但我很高兴有机会凉快一点。

很快我就知道，水肯定会没过我的膝盖，甚至可能到更高的位置。水流很湍急，再加上脚下都是光滑的岩石，我有些站不稳。我可以穿着湿鞋继续比赛，因为它们很快就会干的。但是如果我滑倒了，弄湿了我的背包，它不仅会变得沉重和不舒服，而且我这个星期剩下的大部分食物也会随之被毁掉。只要踏错一步，造成一次小小的跌倒，我的比赛就有可能提前结束了。

我一直集中注意力，好让自己尽快通过这段路，我没有停下来去考虑戈壁。我猜想她会找到自己的方式过河，就像前一天穿过水沟那样。

然而，这一次，她一直吠叫着，哀鸣着。我每走一步，她就会变得更加绝望。

当我穿过河道四分之一距离的时候，终于做了一件我以前从未在比赛中做过的事情。我转过身来。

她在岸上跑上跑下，眼睛直直地盯着我。我知道朱利安领先我几分钟，但不知道还要多久才会有人追赶上我。如果我回去，浪费宝贵的时间，会因此被别的选手赶超吗？

我以最快的速度跑了回去，把她夹在左臂下，跋涉回到了冰冷的溪水中。我以前从没抱过她，她比我想象的要轻很多。即便如此，带着她一起过河还是很困难。我只能用右臂保持平衡，慢慢向前移动。

我打滑了好几次，有一次是向左重重地摔倒，弄得戈壁和我的背包底边都湿了。但是戈壁没有丝毫抱怨，也没有扭动身体或试图逃跑。她保持冷静，让我继续前行，保护着她的安全。

我们到达了中间的一个小岛，我把她放了下来，她小跑着，好像整个过程是一场伟大的冒险似的。我检查了自己的背包是否湿得很严重，并确保它在我的背上很高的地方，我喊了喊戈壁，她立刻跑回到了我的身边。我又把她抱了起来，继续前进。

她比我更快地爬上了对岸，等我爬出泥地和灌木丛时，戈壁已经站起身来了，她盯着我看，显然是已经准备好继续比赛了。

前面的土路很快就把我们带到了另一条人造水沟前，但这条排水沟比戈壁之前跳过的那条要大得多。这一次我没有停下来，只是抱起她，一直向前走去。

有那么一刻，我把她放在了我的面前，她的脸和我的脸平齐，我发誓她给了我一个真诚且充满感激的眼神。

"你准备好了吗？姑娘？"我说着，忍不住笑了，把她放回到地上，看着她开始蹦来蹦去。"我们走吧。"

我抬起头，才发现一个骑驴的老人。他看着我们俩，脸上毫无表情。

我看上去像什么？我很想知道。

第七章　对手

　　比赛组织者喜欢和选手开玩笑，我的导航表显示快要完成比赛了，但我在任何地方都看不到营地。我能看到的就只是小路在一连串的山脊上起起伏伏，并消失在远处。

　　据我估计，我已经浪费了太多时间，可能已经落后了领先者几公里的路程。我的速度早些时候就有所下降，然后我又帮助戈壁过了河。我猜想汤米，甚至朱利安已经跑完了全程，所以当我登上其中一个山脊，看到他们两个只领先了1.6公里时，我很是吃惊。他们俩似乎都没有以之前那样的速度前进。相反，在我看来，他们更像是在走路。我在想，也许汤米是故意拖延，好让其他选手赶上来，为之前绕过巨石地段做出些补偿。或者他只是在高温下挣扎着，无法跑得更快罢了。

不管怎样，我想我也许有机会缩小我们之间的差距，但我想在他们没发觉的情况下做到这一点。我不想让他们意识到我在追赶他们，否则他们会加快速度的。我所剩的体力已经不多了，路又向下陷了下去，挡住了我的视线，我以最快的速度狂奔着。

当我到达山顶，有可能被他们看到时，我就放慢了速度。戈壁觉得这一切都很有趣，催促着我使劲向前冲刺。

我在前两个山脊上并没有看到汤米或是朱利安，但当我到达第三个山脊时，我们之间的距离已经缩小了一半。他们肯定是在走路，接下来的两个山脊我跑得更快了。

我知道自己离他们俩越来越近了，当我第五次爬上山脊的时候，我的肺火辣辣的，我离他们只有60米了，他们正要消失在视野中，我可以看到终点线就在前面。

我还有最后一次冲刺的时间，我改变了战术，开始偷偷摸摸地跑起来。此时我最不想做的事情就是提醒他们我在追赶，所以我尽可能又快又安静地奔跑着。

我踮起脚尖，小心翼翼地避开这些石头，60米很快就变成了30米，然后变成了25米、20米。令我惊讶的是，他们俩既没有听到我的声音，也没有回头看我一眼。

当我们之间的距离变成了10米时，终点线距离他们还有30米，我相信自己离他们已经足够近了，于是我开始以最快的速度冲刺。在朱利安转过身来看见我之前，我离他又近了几步。虽然之后汤米也开始跑了起来，但我已经跑得太远了，他们俩谁也追不上了。

我第一个冲过了终点线，戈壁紧随其后，名列第二。比赛结束的鼓声还是没有盖过一小群组织者和志愿者的呼喊声和欢呼声。

我知道，比赛还有好几天才结束，现在我领先汤米的那几秒钟时间并不代表什么，但这似乎是对所发生的事情做出的最好的回应。我想让他知道，虽然我很尊重他，而且他还在跑步方面取得了很高的成就，但是我也不会坐视不管，让他为所欲为。如果他想赢，就必须在赛场上和我公平竞争。

"太棒了，"一位工作人员说道，"你表现得太棒了。"

"哦，谢谢，"我说道。但我不想让自己的自尊心受到伤害，我想看看她会怎么处理汤米的事情。"今天晚些时候，我能和你聊聊汤米·陈在1号打卡点前抄近路的事吗？我现在心情不太好，不过你得知道刚才发生了什么事。"

诸多怒火都已消逝，但我知道我仍然要小心说话。毕竟，汤米是整个事件的主角。

最后，我讲述了自己对事件的看法，然后就在帐篷里等着，戈壁蜷缩在我身边，这件事的调查还在继续。问问题的女士也与其他赛跑者、打卡点工作人员和汤米进行了交谈。我认为15分钟的时间处罚是比较合理的，但最后汤米只是在总成绩上多加了5分钟。

我有点失望，也许还有点担心汤米会如何面对这一处罚。我在他的帐篷里找到了他，他正泪流满面。

"你有时间谈谈吗，汤米？"

"我没有看到任何标记，"我们一到外面，他就这样说道。我认为这不太可能。那些粉红色的小方块很引人注目，任何一个经验丰富的跑步者都会提前了解并不断确认前方的路线是否正确，这十分重要。而且，他当时就在我后面，我那件亮黄色的衬衫也很容易被看到。但也许他说的是实话。

"好吧，"我说，"我不希望今天有任何私人怨恨。现在比赛已经结束了。咱们别记仇了，好吗？"

他看了看我，脸色铁青，脸上的泪水早已干了。"我不是故意的。我没有看到那些标记。"

就讲到这吧，没什么可说的了。

我回到帐篷里，理查德和迈克给了我一点鼓励，庆祝我第一个跑完今天的赛程，但其实他们想谈的是关于汤米的事。我对讨论这件事不太感兴趣，只想把它抛诸脑后。

"我向你脱帽致敬，迪恩，"理查德说，"你做了件好事。"

"为什么呢？"

"所有跑步者都应该感激你，我们都必须遵守同样的规则。"

"是啊，好吧，我们明天再看看汤米到底能做些什么吧。"我说，"也许我只是给自己惹了一大堆麻烦。"

那天晚上我没怎么睡觉。帐篷里很热，我满脑子都是心烦的声音。有一次，理查德去洗手间，他回来时，戈壁对着他咆哮起来。她在保护我，我很喜欢这种感觉。

第二天，在酷热的阳光下，在布满岩石的坚硬地面上，我们进行了沙漠探险。我们在前一天晚上就已经约定好，今天的赛程对戈壁来说太过艰苦，所以她要乘坐车队的车去下一个营地。我起得很早，在通常的十五分钟规定之前就离开了帐篷，试着寻找来接戈壁的人，并确保他们一整天都能让她保持凉爽和有足够的水分。

到了该说再见的时候了，我为她感到一丝担心。她很依恋我，不知道她今天能否和一群陌生人相处融洽？

跑步从一开始就很艰难，一部分是因为地形的变化。前一天，这里有起伏的小路、河流和巨石，好让跑步者保持警惕。到了第四天，就是一望无际的平地，穿插在各个检查点之间，每个都相隔着数公里。

脚下还是那些老石头，这些石头已经牵绊住了许多跑步者的脚步，但我们现在跑过的不是灌木丛或尘土飞扬的小道，而是构成戈壁沙漠黑色部分的压缩砾石。

我一整天都在逆风中奔跑，小心脚下的岩石，尽量不被身后不断传来的声音弄得心烦意乱。

我身后的人是汤米。

从比赛一开始，他就跟在我后面。不是在我后面3米，也不是在我旁边1米。他就在我身后，他的脚步和我的完全同步。他的身体蜷缩在风的阻力最弱的地方，就像公路自行车手或候鸟一样紧紧跟着我。不过很明显，汤米不打算让我休息，也不打算暂时领跑。

他跑在我身后，让我独自领跑，而当我艰难地逆风而行时，他却有机会给自己补充能量。

坚果，凝胶，水。

他整天都在吃吃喝喝，对我缄默不语。即使当曾超越我们俩时，汤米也没有任何表示，他成了我的影子，我对此却无能为力。

我知道为什么。他不只是想让我知道他在跟随我，还要让我知道在某个时刻，他会放下影子的身份，把我抛在身后。我真的很佩服他，昨天的闹剧已经过去了，今天就是为了胜利。

那天的大部分时间我都应付得很好，拒绝让汤米的行为影响我的心情。事实上，它给了我额外的动力，让我忘记逆风，忍受无聊，并磨砺出稳定、坚实的步伐。

至少，在我们接近最后一个打卡点之前，我是这么想的。我知道离终点只有6公里多一点的路程，但现在太阳已经升到最高点，气温也达到40度了，我开始感到头晕目眩。

当我终于走到打卡点的阴凉下时，我花了一点时间来消暑，让自己镇定下来。而汤米根本没有停下来，他点点头，和其中一个队员交谈了几句，然后继续往前跑。我认为他甚至没打乱脚步。

我决定稍做休整，把两个水瓶都装满，这样我就有了50盎司的水。当我终于走出打卡点的时候，汤米已经在我前面180米处。他看上去很强壮，一切都有条不紊。我不可能赶上他。

朱利安和曾很快就赶上了我，并没有浪费任何时间。他们成双成对地出发了，追赶着汤米，而我觉得自己的轮子好像刚掉了下来。

我跑不动了。无论我多么努力，无论我如何告诫自己不要慢下来，我都能感觉到我的腿好似千斤重。

这可不像前一天的状态了，无聊和疲劳同时向我袭来，造成身体和心理上的危机。我顶着烈日和炽热的逆风跑了三个小时，我的力气已所剩无几。

— ✳ —

我曾遇到过这样的境遇。

那是在2013年。即使我的体重从109公斤降到了80公斤，我仍然难以割舍对美食和美酒的渴望。因此，在挑选我的第一次马拉松比赛时，我选择了在法国这个葡萄酒之乡举行的一次比赛。每个里程标都有一个茶点站，供应当地的葡萄酒和美食。因为这场比赛的一切都是关于美好的氛围，而不是时间，所有的参赛者都必须打扮成动物的模样。

我打扮成了一头猪。

有些人跳过了几站，但我没有。当我跑到一半的时候，我已经把大量的肉、奶酪、牡蛎以及半打葡萄酒装到肚子里。在赛程的四分之三处，我擦伤的皮肤开始感到疼痛，然后在32公里的站点，我的腿和后腰开始疼了。

阳光变得越来越猛烈，尽管露西娅在第一轮淘汰赛结束时像职业拳击手一样翩翩起舞，我还是放慢了脚步。我感到恶心，很难集中注意力，视线模糊，背部剧烈的刺痛感也让我非常担心。

　　露西娅帮我熬到了终点，尽管我几乎不记得最后一公里是怎么跑的了。她带我回到酒店，让我喝了很多水，当我盖着毯子、在床上瑟瑟发抖时，她告诉我，一切都会好起来的。

　　距离我们第一个135英里的极限马拉松赛事只有几个月的时间了，我们将穿越条件恶劣的南非卡拉哈里沙漠的部分地区。露西娅的训练一直很顺利，我们都知道她会跑得很好。但是我呢？我在跟谁开玩笑？

　　"我做不来，露西娅。我不是你。"

　　"迪恩，你先睡吧。我们明天再议。"

　　汤米领先我太远了，我看不见他，朱利安和曾也几乎看不见了。我完蛋了。什么力气也没有了。我的腿对我来说就像陌生人一样，我的脑袋陷入了无法控制的思绪中。

　　也许这真的是我最后一次比赛了。

　　也许我彻底完蛋了。

　　也许我来这里就是个天大的错误。

　　早在我看到终点线之前，我就听到了鼓声。我在最后一公里被第四名参赛者超越了，但我已不在乎了，我只想结束这一天，一切都结束了。我可以想象露西娅让我睡一觉，休息一下，吃点东西之后感觉会好一些，但是我内心有另一个声音告诉我要把这些都深藏于心。

　　当我转过最后一个弯道，看到终点线时，戈壁就在那里。她坐在阴凉处的一块岩石上，扫视着地平线。

　　她一动不动地坐在那里，我不知道她会不会认出我来。

　　然后她变成了一团移动的模糊的棕色皮毛。她从岩石上跳下来，朝我飞奔过来，尾巴向上翘着，小小的舌头拍打着。

　　那天，我第一次笑了。

　　这是迄今为止最热的一天。营地靠近一个旧的放羊站，我试图在其中一个谷仓里休息，但金属的边沿已经把它变成了一个火炉。我坐在帐篷里，那里空气浑浊，气温超过43度。戈壁蜷缩在我身边，我半梦半醒着，虽然我真的很期待能躺下来休息，但是在帐篷里的这段时间是我最想念露西娅的时候。

　　甚至在我来中国之前，我就知道没有她在我会很艰难。由于工作关系，她不能参加我的比赛，但这只是我们第二次没有一起参加比赛。尽管自从法国的第一次马拉松比赛之后，我们再也没有并肩跑过，那时我把自己打扮成一头小猪，把她打扮成一只大黄蜂，我在很多方面都很依赖她，尤其是在每天快结束的时候。她会从帐篷里出来，和其他参赛者打成一片，每当我遇到挫折或烦恼的时候，她总是帮我排忧解难。在不止一场比赛中，她都劝我不要轻易放弃。我需要她，尤其是当遇到汤米那样意想不到的麻烦时。

　　但今天教会了我另一件事。我想念戈壁。一个小时又一个小时地在一成不变的风景中奔跑，她让我在无聊中得到了极大的解脱。她跑步的方式——坚定、持久、自信——也激励了我。她是一个拒绝放弃的斗士。她没有因饥饿、口渴或疲劳而放慢脚步，她一直在前行。

　　这是一个苦乐参半的时刻，因为我知道明天会发生什么。

　　第五天是个漫长的赛段。在更加炎热的温度下奔跑近80公里。我已经安排好工作人员继续照顾戈壁，我知道他们会好好照顾她的。

耐力跑一直是我的优势，尤其是在天气炎热的时候。但在戈壁陪伴我跑了两天之后，有些事情发生了变化。我开始喜欢和她一起跑步，看着她的小腿儿一整天都充满力量。我知道我会想念她的。

那天晚上我睡得不多。空气太热了，仍然无法让我感到舒适，在四天不洗澡甚至不换衣服的奔跑之后，我的皮肤被一层厚厚的汗和灰尘所覆盖。戈壁也无法安定下来。她起来了几次，小跑着走出帐篷去对着羊吠叫。我不介意，帐篷里也没人抱怨。我想我们都在为准备接下来的事情忙得头昏脑胀。

第八章　热衰竭

虽然我在澳大利亚长大，但仍然需要进行高温训练。居住在爱丁堡，意味着几个月里气温都不会上升到16度以上，如果自己不主动进行训练的话，肯定无法在沙漠中生存下去。

训练方法就是把家里的空房间变成一个迷你温室。我们买了两个工业用的烘干机——它们看起来甚至能烘干被洪水淹没的房子——以及两台笔记本电脑。我在窗户上安了一个很厚的百叶窗，如果房间里只有我一个人，我会把温度计升至38度。如果能说服露西娅加入我，温度还会再调高一点。

训练过程很艰苦。我穿上冬季跑步才用的紧身衣，戴上帽子和手套，把跑步机设置成最大的倾斜度。这里的湿度很大，即使我不背负装满六七公斤糖或大米的背包，当我跑到第二或者第三个小时的时候，仍然会感到很吃力。

这次戈壁沙漠比赛，我比其他任何比赛投入的时间都要多。当我想做出改变，想在炎热干燥的环境下跑步时，就会花100美元在本地大学的热室里进行一个小时的训练。露西娅说她从未见过我如此坚定和专注，但我知道自己只是别无选择。我已经参加过两次撒哈拉沙漠马拉松了，那里的气温有时甚至高达49度，但那时候，我从来没有感到有多大的压力。在中国的戈壁，我知道情况将有所不同。参赛者都是一些能忍耐高温的人。

第五天的比赛于早上7点开始。当我站在起跑线上时，我把今天的比赛计划默念了一百遍。开始时快速穿过公路赛段，在沙漠赛段保持步速稳定，然后根据温度的不同调整步速。昨天的比赛后，我仍然是总成绩第三名，但是第一名到第四名之间只有20分钟的差距。我需要美好的一天，不能再有任何纰漏了。

一开始，我按照计划跑步。有时跑在最前面，处于领跑位置，有时又退到后面，让别人领先一会儿。由于把精力集中在了步幅上，一度还错过了路标。中间有一分钟我带队跑错了方向，直到有人给我们打电话，才回到正确的路线上。往回跑的时候，我们仍然保持着队形，直到看到其他参赛者在原地等着我们。没有人想因此获得不公平的优势，赛程和高温本身就足以构成挑战了。

这段赛程的地形不太有利。开始10公里需要穿过浓密的驼草丛，偶尔有一小段高低不平的柏油路，之后就是"黑戈壁"沙地。虽然时间还早，但感觉像是回到了九十年代中期时的气温。很明显，接下来会更热，于是我放慢了步速。有几个人超过了我，但我不介意。我有自己的计划，再过几个小时，当气温真正升高的时候，我就会超过任何一个这会儿全力奔跑的人。

我想起了戈壁，想着此刻她在做什么。我还特别看了看周围的风景，因为我以后不太可能有机会再看到了，同时也不希望自己陷入无聊。等一踏上黑沙地，所有的生命迹象就都消失了。前几天当我们跑过一些偏远的村庄时，好奇的当地人会站在他们的平房前看着我们。有时我们会穿过干涸的河床，有足球场那么宽，那里也有驻足观望的人们。有时我们穿过开阔的平原，那里是一望无际的火红色，也有观众在那里驻足。但当我们深入戈壁沙漠时，却没有发现任何人类生存的迹象。没有人能在如此残酷的环境下生存。

跑到第四个打卡点时，我像往常一样把瓶子装满水，吃了一片盐片，问了一下气温。

"现在已经是46度了，"医生告诉我，"但很快就会上升到49度。你想来一杯吗？"他递给我一杯百事可乐，这是组织者第一次给我们提供白水以外的饮料。尽管几乎能感觉到它在灼烧我的喉咙，我还是把它一口吞了下去。

"谢谢，"我说，"你有什么补水的方式吗？"我一整天都在服用盐片，赛程还有一半，我想确保自己有足够的盐来坚持下去。他拿起我的一个水瓶，灌满了一种加盐和糖的饮料。

"确定自己没事吗？"他说，一边把水瓶还给我，一边仔细地看了看我。

"我很好。只是在采取预防措施。"

离开之前，我看了一下前面几位参赛者的时间。汤米、曾和朱利安也在其中，他们已经比我提前一刻钟离开了。我很惊讶，决定加快步伐。毕竟，我已经补充完水分，还从那杯百事可乐里摄取了额外150卡路里的热量，而且天气变得越来越热了。我做好了加速的准备，如果我保持强劲的势头，那么就可能会在接下来的一两个打卡点赶上他们。

我在五号打卡点赶上了朱利安。他看起来状态不太好，像是没有完成比赛。

令我感兴趣的是汤米和曾在我到达前几分钟才离开。我迅速地打开包，翻出我在整个比赛中一直保存着的秘密武器：我的小iPod。

我把它夹上，带好耳塞，回到外面的高温中时，我按下了播放键。它的电池续航时间只有几个小时，这就是为什么我在帐篷里度过的每一个漫长的下午，或者在比赛的任何其他时间里，从来都没有打开过它。我只是想把它保留到自己需要动力的时候，而现在就是这样一个完美的时机。

我听着几个月前精心排序的播放列表里的歌曲。里面有几首很著名的歌曲以及几首气势磅礴的赞美诗，我知道它们能让我振作起来。但真正让我振奋的还是约翰尼·卡什，当他的男中音充满着我的耳朵，唱着关于外来者的歌，以及那些不被别人喜欢的人时，我感到无比振奋。他只是在对我唱歌，鼓励我更有力度，跑得更快一些，去证明那些质疑者都是错的。

当我在7号打卡点看到汤米时，他看起来糟糕透了。他瘫倒在椅子上，旁边有两三个志愿者拼命地给他降温，向他喷水，还用写字板扇风。他看着我，我一眼就知道自己跑赢了他。

我转过身去，想给他留点私人空间，然后继续把瓶子灌满水，又取出了一片盐片。

曾刚刚离开打卡点，他前面还有一个名叫布雷特的家伙，一个新西兰的参赛者，他今天的状态很好，以及一个名叫杰克斯的美国女参赛者。我知道自己仍然可以占得上风，但没这个必要。我并不担心布雷特和杰克斯此刻领先于我，因为他们的总用时最后都会比我晚几个小时。重要的是我要超过曾，他比我领先了5分钟；只要做到了这一点，我在比赛开始时领先20分钟的优势就会保持下去，冠军的奖牌就会是我的。还剩两个打卡点，大概有32公里。如果我能一直这么坚持下去，我就能成功。

当我往头上浇水的时候，我听到医生在对汤米说话。

"汤米，你的体温太高了，我们不想让你一个人单独跑，和迪恩一起跑吧。可以吗？"

我拨弄着耳塞，假装没听见。我不想让那个家伙陷入困境，但我也正在努力争取获胜。如果他跟不上，我就只能继续往前跑了。

当我检查我的包带并准备离开时，汤米从座位上站了起来，站在我旁边。

"你确定自己没事吗，汤米？"

"是的，"他说道，声音沙哑而微弱，"我只是在拼尽全力。天气太热了。"

我们走了出来。就在我走到打卡点的阴凉处的短短几分钟内，像是有人把热风调高了几度。此刻就像在一个空气烤箱里跑步，太阳光像针一样刺进我的手臂里。我爱死这一切了。尽管我想过自己是否应该重新再涂一遍防晒霜，但没有什么能抹去我脸上的笑容。

没有微风，也没有树荫。一切都很热——空气、岩石，甚至是我背包上的塑料装饰和金属拉链，一切物体都在散发热量。

我想追上曾。我不知道他有多强壮，或者他是否也在挣扎，但我知道，在条件允许的情况下，自己要尽可能地保持好状态。这是我的机会。我必须要抓住。

我们刚离开打卡点几百米远的距离，汤米就开始奋力追赶了。他是一个坚强的跑者，不会轻易放弃比赛。

我们跑到了一条笔直的砾石路上，每隔15米就有一个粉红色的标记。"加油，汤米。"我说，试图让他加快脚步，"我们一起跑过这些标志。"

我们跑到了第一个标志，然后走到下一个标志再开始跑。就这样持续了800米，不久砾石就变成了沙地，向更广阔的远方延伸而去。我们的四周都是沙谷，灰尘和尘土积压而成的约6米高的沙壁，一眼望不到边。这里看起来就像火星表面，而且我发誓这儿的空气比火星更稀薄，热度更高。

汤米不在我身边了。但我知道他最终还会追上来的。是时候了，我想，该跑起来了。

我跑过了四五面旗子，感觉呼吸平稳，步伐稳健。再次自由奔跑的感觉很好，我知道自己每跑一步，都会让前面的人感到很不自在，对此我感到非常兴奋。

然而，有件事情却困扰着我。我一直在想汤米。他还好吗？他还和我在一块吗？他能凭自己跑出这里吗？

我慢了下来。

停住了。

然后回头看。

汤米正像个醉汉一样摇摇晃晃。他的手臂乱挥着，身体失去了平衡。看上去就像在地震中一样，仿佛每向前走一步都在与无形的力量作斗争。我望着他，希望他能正常起来，跑到我这里来。

拜托，汤米，不要在这时候如此对我。

这只是个徒劳的愿望，几秒钟之内，我就跑回了90米远的距离，他正在那里摇摇晃晃地站着。

"汤米，告诉我你怎么了。"

"太热了。"他含糊不清地说着，我不得不抓住他，以免他摔倒。那时大约是下午一点多钟，太阳就在我们的正上方。我知道天气只会越来越热，于是四处寻找阴凉的地方，但是根本没有。

我看了看表。我们刚跑了1.6公里多，还有4.8公里才能到下一个打卡点。我想过叫他回去，但他一个人哪儿也去不了。现在一切都取决于我。

我是该回去，还是继续向前跑？

汤米摸索着找他的水瓶。一个完全空了，他从另一个瓶子里喝了几口水。我们大约在20或30分钟前就离开了打卡点，刚离开的时候，他的水瓶一定都是满的。这意味着他在这段时间里就喝了70盎司的水。

"我要尿尿，"他说着，拉下了裤子，尿的颜色像糖浆。

这般耀眼的阳光下，他瘫倒在了沙地上。"我需要坐会儿，"他说，"我需要坐会儿。你能等我一会儿吗？"

"别坐在这儿，汤米。你得躲到阴凉处去。"我回头看看是否有刚刚没看到的阴凉处，但没什么能挡住阳光。我也希望能看到一些参赛者，但是一个人都没有。

我仔细往前面看了看。隐约看到了一条有阴凉的小路，大约在1.6公里开外的大岩石边上。它看起来似乎足够大，可以给汤米遮点阳光，那里是我们最后的希望。

我们又花了20分钟才到达那里。我不得不用一只手拖着汤米穿过沙地，背着他的背包，随时把我的水分给他喝。我试着让他不停地说话，但又实在想不到说什么，只能不停地说："加油，伙计，我们就快到了。"但他几乎没有应答。

这种情况很糟糕。他头晕目眩，浑身是汗。这显然是热衰竭的症状，如果我不尽快给他降温，他可能会中暑。如果真中暑了，30分钟内他就有陷入昏迷的危险。之后，只能用专业的医疗设备才能维持他的生命。

我终于把他拖到了沙岩的边上，然后把他放在一小块阴影里。我拉开他的衬衫拉链，尽可能给他散热，但却被他苍白的皮肤吓了一跳。他看上去已经半死不活了。

汤米半躺在地上，又尿了，这次的颜色更黑。

我该怎么办？一阵恐慌袭来，但我竭尽全力控制住情绪。我猜测我们大概已经走到一半了。我跑上一座小山，想看看是否有生命的迹象，但什么也没有，周围一个人也没有。

"听着，汤米。"我蹲在他身边说，"你需要帮助。我要继续去下一个打卡点，让他们来开车接你，好吗？"

"我不想再跑了，"他说。

"我知道,伙计。你不用再跑了。就待在这儿等他们来吧。不要动。"我把最后一点水给了他，确保他的脚也在阴凉处，然后又开始前进。

此时我满脑子都是数字。估计刚刚浪费了45分钟的时间。我已经把最后40盎司的水给了别人，但还有4.8公里的路程。当时的气温是49度，接下来的一个小时里可能会变得更热。如果我当时没有回头看，汤米可能早已中暑半个小时了。如果我没有回头看，他可能已经昏迷了。

当我奔跑的时候，扫了一眼前面的标记，又看了看前方，希望能找到一辆车或者一个人来帮助我。还是什么都没有。

算完数字之后是疑问。我当初为什么要回头看呢？是感觉到什么了吗？是什么东西或什么人引导着我去帮助汤米吗？我独自跑在前面的决定是对还是错？如果我第一时间回去了，汤米会更快得到帮助吗？

为了节省时间，我试图抄近道。但是一度失去了标记，这让我恐慌起来。之后我又陷进了一个沟里，感觉自己被困住了。同时，我的心也怦怦直跳，人生第一次感觉到自己可能犯了一个可怕的错误。

我越过一道山脊之后，发现自己又回到了赛道上。我能看到1.6公里外的打卡点。它像海市蜃楼一样闪闪发光，无论我跑得多快，似乎都靠近不了。

800米之后，一辆赛车开了过来。我朝它挥了挥手，告诉他们关于汤米的事以及在哪里可以找到他。

"你得赶快到那儿去，"我说，"他真的有麻烦了。我自己也没水了，你带水了吗？"

他们仅有的一点水就足以让我支撑到打卡点，我一到那儿，就坐下来又把汤米的事情讲了一遍。我尽可能地喝水，这才缓解了我的症状。但由于我体内的水太少，压力太大，导致身体发出了警报，我把自己逼得太紧了。当时，我感到一阵恶心和虚弱。这至少说明我意识到了自己的症状，也意味着我还能清楚地思考。我还没有中暑。

　　当我问起曾的情况时，惊讶地发现他只是领先了我20分钟。

　　20分钟？这意味着总体还是平衡的。曾抹平了我在比赛开始时对他的领先优势，但一切仍在我的掌控中。

　　我发现跑步时会很容易想到死亡。我想知道我们是不是在2010年另一位跑步者死于中暑的地方附近。我也想到了汤米，想到他现在可能还处于昏迷状态。我感到很难过，我希望他没有昏迷，也希望自己做得足够了。

　　突然，我觉得自己实在太愚蠢了，居然为在砂石赛段他比我们领先了5分钟而感到生气。

　　离开打卡点800米后，我的胸部开始感到一阵异样，好像呼吸不太正常，我的肺像是被一根带子绑得紧紧的，每当我喝水的时候，感觉水像是在沸腾。渐渐地，我放慢了速度。我觉得不太舒服。很快我就开始拖着脚走了，我的脚在地上又磨又绊，整个人像半睡半醒似的。

　　这是一个让我感到恐惧的症状：心悸。

　　我以前有过两三次这种症状。胸部感觉像要爆炸一样，汗水从身上不断流下来，整个人感到恶心和眩晕。医生认为这与我喝了太多咖啡有关，所以从那时起，我就在准备比赛时戒掉了咖啡因。但对于心悸的记忆仍然困扰着我，在戈壁沙漠的酷热中，我能感觉到所有的症状都要接踵而来。如果心悸真的再次开始发作，我知道这次不能把原因怪到咖啡上。如果我在这里开始心悸，那只能说明发生了非常严重的问题。

这时我看见一辆赛车停在前面。我知道它是用来提供紧急援助的。当我离得足够近，听得到引擎声时，志愿者们跳了出来。

"你还好吗？你想喝水吗？"

"我需要坐在车里，"我说，"我觉得不舒服。"

我不知道这是否符合比赛规定，但我不在乎了。我需要马上给自己降温。

我猛拉了一下后门，把自己和包扔到后座上。空调开得很大，就像踩进了冰箱。简直太美好了。我闭上眼睛，任凭凉爽的空气环绕着我。

当我再次睁开眼睛时，我不得不眨了几下，然后揉了揉，确定自己看到的是不是真的。"真的是55.6度吗？"
我问。

"是的，"司机说。然后便和另一个志愿者一起陷入了
沉默，我能看到他正从后视镜里仔细观察着我。

"我能喝点水吗？"我指着一个瓶子问道，瓶子里装着
一个冰冻的圆柱体。

我确信这是我一生之中喝过的最棒的饮料。

我从胸前的袋子里拿出了一个凝胶。我的手有点不太正
常了，一些黏糊糊的东西落到了我的下巴、胸膛和汽车座椅
上。我想，自己可能要等上十分钟，因为凝胶通常需要十分
钟的时间才能发挥作用，之后自己才能离开。但随着时间的
推移，我感觉越来越糟。

我的头感觉飘忽不定，眼睛也几乎无法盯着任何一件东
西超过几秒钟。每呼吸一次，胸前的带子就会拉紧，我能感
觉到肺部变得越来越沉重。

在凝胶应该起作用很久之后，我对自己说："加油。"
然后试着鼓起勇气拿起我的包动一动身子，试着命令自己出
去继续比赛，但是什么也没有发生。

冷气并没有像我所希望的那样起作用，一想到要打开门，回到外面的高温中，我就害怕起来。即使我能让自己的身体听从指挥，把自己从车里拖出来，我还能坚持到下一个打卡点吗？更不用说终点了。

就在那一刻，我的胸部像是爆炸了。心脏开始狂跳，我喘着粗气，不顾一切地想透透气。

我抬头瞥了一眼，发现司机也正从镜子里看着我。我从他的眼神里看到了恐惧和惊慌。

这在我心中引发了第二次爆炸。只不过这次不是我的心在狂跳，而是我的思想。这是我有生以来第一次真正为自己的生命安全感到担心。我第一次怀疑自己是否会死去。

第九章　结束比赛

加油！现在，迪恩，就是现在！

但是没有用。无论我闭上眼睛还是咬紧牙关，都无法让自己从后座上离开。我所能做的就只有一边在冷气中呼吸，一边希望自己的身体状况能有所改变。

几分钟过去了。我又试了另一种凝胶，同时试着伸展身体以减轻胸部的压力。

我试图回忆起自己的比赛计划，但毫无效果。

我想知道汤米怎么样了，希望汽车能及时赶到他那里，那些人能给他提供必要的帮助。最好的结果就是他不用再比赛了。

我往车外看了几分钟，突然意识到已经很长时间没有看到其他参赛者了。我想到了自己需要弥补的差距。

"曾跑过来的时候看起来怎么样？"

"不是很好。他挣扎了很久，只能走着了。"

这就是我想听到的，我在车里浪费了15分钟，所以现在我需要补上35分钟。如果他还在苦苦挣扎，那我就有机会了。如果我做到了，就会处于领先的位置。

我从车里爬了出来。重回赛场的兴奋之情使我忘记了炎热，我花了好一会儿才缓过气来，站稳了脚步。终于我又开始跑步了。不快，但是很稳。

但这并没有持续下去。我有足够的精力跑几百米，在那之后我又只能走着了。但至少我的心停止了狂跳，我能更清楚地思考了。余下的几公里，我设法跑过那些旗子，跌跌撞撞地走在了前面，除了那些粉红色标记外什么也不看，一心只想着把一只脚放在另一只脚前面。

最后，我遇到了一系列由风侵蚀形成的高大悬崖。我爬上了沙丘，穿过中间地带，终于看到了终点线。

就像前一天一样，戈壁在树荫下等着我。她跑出来和我一起跑了最后的60米，但是我们刚一冲过终点线，她就气喘吁吁地跑回那个阴凉的地方，瘫倒在地。

"有汤米的消息吗？"我问其中一位工作人员。

他微微一笑，扬起眉毛。"太神奇了，"他说，"他们让他降下温来，最后他又开始走了起来。菲利波和他在一起，他们相处得很好。"

我认识菲利波·罗西，他是一位瑞士长跑运动员，他今天状态很好。听到他和汤米在一起，我既高兴又宽慰。

另外两名决赛选手——布雷特和曾——显然已经在终点待了一段时间了，当我看到自己和曾之间的差距只有40分钟的时候，我知道他做到了。还剩一个阶段要跑，但是只有几公里了，我不可能在这么短的距离内把那段时间给补回来。

汤米终于在菲利波的陪伴下越过了终点线，这时，整个营地都沸腾起来。每个人都知道当时发生了什么，汤米出色的恢复力和适应力让他得到了应得的赞扬。起初似乎没有人知道我帮助他的事，但我并不太在意。重要的是，汤米一见到我就给了我一个大大的拥抱。他在哭，我也在哭。我们之间根本无需说些什么。

我像每天下午一样，在帐篷里等着，戈壁蜷缩在我的身边，一会儿睡着一会儿又醒着。我希望还在跑道上的其他选手没有一个人像汤米那样惹上麻烦，我想知道理查德、迈克、艾伦和那三个澳门男孩怎么样了。尽管第一印象并不太好，但我后来还是喜欢上了那三个家伙。他们互相关心，每天晚上都互相按摩。他们都是好人，在某种程度上，我会想念他们的。

我突然想到，如果我没有停下来帮助汤米，也许我就能赢得比赛。但这样的胜利代价太高了，仅仅为了在领奖台上站到一个更高的位置，这太不值当了，即使这将是我第一次在超级马拉松比赛中获得全面胜利，对我将来的跑步生涯会是一个巨大的推动。停下来帮助汤米让我付出了很大代价，但我对事情的进展感到高兴。假设最后一天的最后9.6公里赛段一切顺利，那么我在领奖台上的第二名位置就是安全的。我还没准备好庆祝，但我已经很开心了。我已经向自己证明，我的跑步生涯还有些许生命力。

理查德、迈克和艾伦回来的时候，天已经黑了。他们整天都在太阳底下，为此他们很痛苦。他们看上去就像行尸走肉，跌跌撞撞地在帐篷里走来走去，脸晒得通红，疲惫得暗淡无光。但一切都结束了，最后一个人回来时，帐篷里的气氛变了。每个人都比平时更放松了，因为一切都快结束了，大家都松了一口气。

　　帐篷倒塌的声音把我惊醒了。没有看到澳门男孩们的踪影，迈克大声叫我们所有人起床。我抱起戈壁，爬了出去。不知从哪儿刮来一阵风，把沙子卷了起来。它刺痛了我，但戈壁和我还是加入了其他人的行列，躺在帐篷顶上，以免在理查德去寻求帮助时帐篷飞走了。

　　这一夜，到处都是对讲机的噼啪声，帐篷被夷为平地，志愿者的喊叫声此起彼伏。借着几十支火把的光亮，我看到他们在营地里跑来跑去，拼命地想把帐篷支起来。

　　风越刮越大，最终变成了一场猛烈的沙尘暴。在60或90米以外的地方是不可能看到任何东西的，我们听说最后一批跑出跑道的人躲在检查站里，正被送回营地。

　　等了一个小时，有人来帮忙搭帐篷了，我叫戈壁跟在后面，去找赛事方聘请的维修工，一个姓卢的女士。我在第一天的安全简报中见过她，我看到她不停地大声命令着，风越来越大，我对她的团队也越来越失望。

"你能让你的人帮我们搭下帐篷吗？"我对她说。

"可以，但是我们有很多帐篷要先搭。"

"我明白你的意思，"我说，"但我们一个小时前就问过了，还是没人来给我们搭帐篷啊。"

"不关我的事，"她喊道。

我知道她承受着巨大的压力，我也很同情她要与自然作斗争，但这对我来说似乎有点轻视。"不，"我说，"这次比赛是你组织的，我们都花了3700美元才来到这里。这是你应该负责的问题。"

她嘀嘀咕咕说了些我听不懂的话，转身走开了。

风刮得更大了，人们惊慌着四处奔跑，但我在苏格兰高地遇到过这种风，也许这就是我不那么担心的原因。沙子也没有困扰到我。我所要做的就是模仿戈壁的动作，把头缩得紧紧的，远离大风，我发现这样做效果很不错。

午夜过后，我们听说沙尘暴即将变得更加严重。没有人睡得着觉。在跑了80多公里之后，我们都需要恢复下体力，所以组织者决定今晚就离开营地。我和其他参赛者一起挤在一个巨大的岩石上，等着巴士的到来。我们站在那里，空气中充满了恐惧，不久，灰尘和沙子就吹进了我们的嘴巴、耳朵和眼睛里。但我知道这只是另一种不舒服的感觉。在过去的24小时里，我们都经历过比这更糟糕的事情，但我总觉得未知总是比熟悉更令人感到恐惧。

天一亮，巴士就把我们带到了离国家公园20分钟车程的一幢低矮的建筑物前面。这是一个奇特的小博物馆，陈列着数百万年前的化石和立体模型，展示了广泛而随意的自然栖息地收藏品。当然，戈壁就像是回到了自己的家一样，尤其是在满是假树和假植物的热带雨林地区。当她再次面对它们中的一个时，我忍不住笑了起来。

只用了几分钟，我们就把整个地方搞得一团糟，它变成了101个汗流浃背、臭烘烘的长跑者的"难民营"，里面还有一只没有受过严格训练的狗。博物馆的工作人员并不介意，因为博物馆另一端的商店正在出售饮料和小吃，每一笔交易都在刷新着这里的交易纪录。

这一天本来就应该是休息日，因为之前漫长的赛程让所有参赛者疲惫不堪，所以我们就把时间都花在睡觉、吃零食、喝苏打水和相互交谈上面。

我没有躲进睡袋里，也没有去其他的地方。相反，我留了下来，和理查德、迈克、艾伦一起聊天。

"你打算怎么对付这个小家伙？"下午的时候，迈克指着戈壁说道。

这是一个好问题，也是我长期以来一直在问自己的问题。我知道，在没有戈壁的那两天里，我跑得很艰难，不知怎的，我对她产生了依恋之情。我不想让她在外面独自流浪。

更重要的是，她选择了我。我不知道为什么，但我知道这是真的。有超过100名参赛者可以选择，还有几十名志愿者和工作人员，但从我第一次见到她，她开始咬我的鳄鱼标的时候，她几乎再也没有离开过我。

她也是个坚强的小战士。她在比赛的三段时间里跑了超过124公里，白天什么也没吃，我敢肯定，如果有机会，她会跑得更远的。她显然很怕水，但还是坚持向前，相信我会帮助她。为了跟上我，她付出了一切。我跑完全程的时候怎么能丢弃她呢？

我能找到每一个想要帮助戈壁的理由，但是也都有着同样强烈的理由支持她离开。我不知道她是否有寄生虫，也不知道她是否属于任何人，甚至不知道我该如何去帮助她。我很确定，如果我请志愿者帮我为一只来历不明的流浪狗找个家的话，是不会有很多人排队来领养的。

我有一个计划。

"你知道嘛，迈克，我已经决定了，我要想办法把她带回家。"

这是我第一次大声说出这些话，但当我说出来的时候，我知道这是个正确的决定。我不知道能不能带她回家，但我必须试一试。

"太好了，"迈克说，"如果你愿意，我可以出些钱来帮助你。"

"真的吗？"

"我也是。"理查德说。

我很惊讶又很感动。据我所知，戈壁对我帐篷里的同伴们所做的事情，就是在他们晚上回到帐篷里的时候大声咆哮，追着羊群让他们保持清醒，每当她发现他们吃东西的时候，就向他们讨些食物残渣。但是我错了，就像戈壁激励了我一样，我想她也同样激励了他们。

"任何一只狗都应该拥有一个幸福的结局。"理查德说道。

当我们在最后一天出发的时候，沙尘暴已经过去了。就像所有的超级马拉松运动员一样，最后的一天总是比较漫长，而且几乎总是在10到15公里之间的短距离内跑完。我之前经历过这些，一想到离终点线还有一两个小时的路程，我就会从众多参赛者中脱颖而出。在博物馆的恢复时期，他们一样一瘸一拐地走着，而最后的比赛一开始，他们就像周六早上在公园里冲刺一样出发了。

戈壁在我身边，她似乎知道发生了什么特别的事。我们跑的时候，她也没有咬我的鳄鱼。相反，她和我保持着完美的步调，偶尔抬起她那又大又黑的眼睛看着我。

我们跑的时候，天很凉爽，还下着小雨，我很高兴她没有特别热。因为最后一段路程很短，又没有打卡点，所以我每隔几公里就会停下来给她一些水喝。她从来没有拒绝过我，让我吃惊的是，短短几天她就学会了信任。

我们在博物馆的时候，我花了一些时间去观察比赛的位置。正如我所猜想的那样，我根本没有机会赶超曾，而汤米抄近路也让他付出了沉重的代价。他被布雷特——那个在漫长的舞台上勇往直前的新西兰人——超越了。我仍然领先汤米20分钟，只要我保持领先于布雷特，那么我第二名的位置就稳操胜券了。

我一路上都是这么做的，不过当我在半山腰停下来给戈壁喂水时，我看见他从我后面跑了过来。他在我旁边停了下来。我一定是用了一种嘲弄的眼光看了他一眼，因为他微笑着耸了耸肩。

"你给她喝东西的时候，我几乎不能从你身边跑过去，是吗？"

我笑了笑。"谢谢，"我说。

我把瓶子放回背包肩带的支架里，朝布雷特点了点头，继续比赛，就好像什么也没发生过一样。

在接下来的比赛中，我们一直保持着这种状态。我第五

个完成比赛，布雷特第六，戈壁就在我们中间。马上就有了
奖章和照片，很快就有了几瓶啤酒和一个民族风味的烧烤，
面包像披萨那么大，里面塞满了香草和肉，以及各种美味的
东西。我吃了几口美味的羊肉，让戈壁舔去手指上的油脂。
只有当你知道周围都是好人的时候，你才会微笑、拥抱，享
受那将会铭记多年的时刻。

　　像往常一样，我开始了比赛，保持自我，只专注于跑
步，别的什么都不做。我完成了比赛，就像我在朋友们的簇
拥下结束的每一场比赛一样。

　　但是穿越戈壁沙漠的比赛却是不同的。低点更低，高点
更高。它改变了我的生活。作为回报，我会尽我所能去帮助
改善戈壁沙漠，我知道这是正确的决定。

第三部分

失　踪

第十章　分离

　　我从巴士的车窗向外看着戈壁，她正忙着吃烤肉架上的残羹剩饭。卢女士带领着志愿者们，将最后一名参赛者也送上了巴士。戈壁停了下来，她抬起头，是因为我，还是她发现了什么不对劲的地方？巴士的马达发动了。戈壁有点吃惊，开始跑上跑下。她看上去和前几天看着我渡河时的状态一模一样。她在找什么东西，为了某人，为了我。她的尾巴垂了下来，耳朵向后夹起。我感到一种几乎无法抗拒的冲动，想把我那疼痛的身体从座位上拖出来，跳下车，再把她抱到我怀里。

这太荒谬了，我心想。我感觉自己就像一个父亲，看着自己的孩子第一天走进校门。

我看到卢女士把戈壁叫到她身边，给了她一点肉，拨弄她头顶上像鸟巢一样蓬松的棕色皮毛。这时，巴士开始行驶了。

我坐了下来，试图想些别的事情。随便什么事情都好。

回到哈密的巴士之旅，与我们一周前开车离开哈密时的情形截然不同。那时我只是坐在那里，和旁边的人说了几句话。那时我对身后澳门男孩们的吵闹声感到十分沮丧，不止一次，我转身希望他们能领会到我的暗示，立刻闭嘴。

但在去哈密的路上，我却宁愿花钱坐在澳门男孩们的旁边，听他们谈笑。我喜欢这种分散注意力的方式。不幸的是，他们三个人在另一辆巴士里，我的同伴们在比赛后、烧烤后、喝酒后十分困倦，周围一片寂静，只有我一个人清醒着。

为什么我会这么难受？我不知道自己怎么会有这种感觉。这不是永别，几小时后我就又能见到戈壁了。

这个计划和任何计划一样简单。卢女士——那个在沙尘暴中表现得有点不耐烦的女人，会开车送戈壁回哈密，我们在那里吃顿颁奖晚宴，这样我就能跟戈壁说声再见了。在那之后，当我飞回爱丁堡时，卢女士会带着戈壁回到乌鲁木齐的家。然后，我要做好一切安排，让戈壁飞回英国，与我、露西娅和一只名叫劳拉的猫共同开启新的生活。

需要多长时间呢？我不知道。

需要花费多少钱呢？我也不知道。

卢女士会照顾她吗？绝对会。这是我非常有信心的一件事。营地被风刮跑的时候，卢女士可能和我有点小矛盾，但我看到了她命令志愿者做事时的那种方式。她是一个协调者，我可以看出，如果没有她，整个戈壁比赛就不会成功。她正是那种会把所有事情都做好的人。而且，在这一周里，我看到她给戈壁塞了好多食物，所以我知道，卢女士很喜欢戈壁。戈壁也不会介意和她在一起的。我对此很有把握，就像我确信我会把戈壁带回家一样，虽然这会花费我1000英镑，以及一两个月的时间。

长跑运动员在穿越沙漠的路上大汗淋漓，他们身上的味道会很难闻，所以要把这群一周没洗澡、没换洗衣服的人聚集在一起，并在巴士里待上两个小时，你可以想象里面的空气是多么的脏臭。

所以我们一回到哈密，就迫不及待地想先洗个澡。我洗了个干净，休息了一会儿，想象着晚上吃饭的时候就能看到卢女士和戈壁了。

我刚到餐厅的时候，就已经开始想念戈壁了，虽然才过了几个小时的时间。而且，我只知道她熟悉户外或帐篷里的生活，在一个满是公路、餐馆和旅馆的城市里，她该怎么办呢？

我意识到自己对她太不了解了。她参加比赛前住在哪里？她以前进过房子里吗？偶尔被关在屋里，她会有什么反应呢？她多大了？最重要的是，她喜欢猫吗？

比赛的这一周发生了那么多的事情，但在此之前的几个月，甚至几年的时间里，戈壁的生活对我来说却永远是个谜。她以为我没在看的时候，我看到她在玩耍，我很确定她只有一两岁。至于她以前遇到过什么事，我就完全不知道了。她不像受到过虐待的模样，因为她身上没有任何伤疤，当然也没有任何东西阻碍她跑了超过124公里的路程。那么她为什么要逃跑呢？她迷路了吗？在戈壁沙漠边缘的沙丘附近，是否有一位主人正在为他们丢失的小狗而感到烦恼呢？

与我交谈过的所有人都认为这不太可能。戈壁并不是我见到的唯一一只流浪狗，就连我在乌鲁木齐和哈密待过的几个小时里遇到的人，他们也告诉我，在这两个地方肯定有成千上万只狗在街上游荡。到处都是流浪狗，和我交谈过的每一个中国人都告诉我，戈壁一定是其中之一。

在餐馆里，我寻找着卢女士和戈壁，但丝毫没有她们的踪迹，我也没有看到其他志愿者。这里只有一些比赛组织者，我找到了其中一个，向她打听关于卢女士的事情。

"我以为她会带着戈壁到这里来的。"我说。

她看起来很困惑。"不，卢女士不会来这里的。她在终点线还有很多事情要做。"

"在我们明天离开之前，她会来这儿吗？"

"我想不会。"

我灰心丧气地走开了。

我没能去见戈壁，跟她道别，这让我感到很苦恼。这个我们早就定好的计划看来是无法实现了，难道是翻译过程中出现了什么遗漏吗？是否出了什么问题？戈壁还好吗？

最让我苦恼的就是我能察觉到自己开始为此感到压力倍增。我想做我通常在比赛后会做的事情，把所有的事情都放下几个星期，包括节食和跑步，我只想放松一下，其他什么都不去想。

但这根本就不是一个好方法。我还是会在意，想去保护戈壁，这种想法并不是能轻易放弃的。

颁奖当晚的大部分时间里我都表现得心不在焉。布雷特站起来接受他的第三名奖牌，并发表了一篇简短有力的演讲，我一直在全神贯注地听着。"我想说的是，对于每一个为了帮助他人而牺牲了自己的人，我向你们脱帽致敬，这种精神展现了人类是多么的伟大。"

我很赞同这句话。我曾经做过一些事情来帮助汤米，但我不是唯一一个帮助他的人。菲利波也停了下来，还有很多人选择把自己放在第二位，把别人放在第一位。从澳门男孩们的相互照料，到本周开始时完全陌生的人们不断鼓励彼此。这是我最喜欢的事情之一。当你把自己推向身体的极限时，你就建立了一些生命中最深的友谊。

　　当然，我报名参加生平第一个超级马拉松时，并不知道这些。事实上，我甚至不确定自己能不能到达起跑线，更不用说完成全部比赛了。

　　这件事发生在2012年的圣诞节前后。露西娅的生日是12月23日，在那之前的几个月里，她一直在说想从马拉松比赛中转移出来，做一些更艰难的事情。所以我给她买了一本漂亮的茶几书，书名是《世界上最艰难的耐力挑战》。我在包装之前看了一遍，被世界上最难的（我猜，也是最危险的）比赛——如撒哈拉沙漠马拉松——震惊了。

　　那是在我参加半程马拉松之前，我正在为了打败朋友赢得一顿免费的午餐而努力训练着，所以我完全相信书中的每一个项目都超出了我的能力。尽管如此，我还是梦想着自己有一天——也许是十年或更久以后，能做到其中的一件事。因为这是一个节日，我们开了一瓶香槟，生活的感觉真好。我看着露西娅打开了这本书，我说出了那句决定命运的话。

　　"不管你打开哪一页，我们都要一起去做。"

　　我坐了下来，喝了一杯香槟，看着露西娅看到封面时那睁得大大的眼睛。

"哇！"她前后打量着说，"这太神奇了。"

她闭上眼睛，把书随便翻开一页。

沉默。我看着她浏览着那一页，全神贯注地读着每一个细节。

"嗯，迪恩，看起来我们是在进行Ka-la-har-ree超级马拉松。

"那是什么鬼东西？"

她根本没有抬头，只是继续读着，眼睛盯着那页纸，大声说出了残酷的事实："南非西北，靠近纳米比亚边境……全程135英里……6个阶段，7天……气温在49度左右……自带食物……一定要定期补水……比赛在沙漠里进行。"

我努力思考该如何回应。毕竟这是她的生日，我希望这份礼物是美好的。

"不可能。"

"什么？"她说，抬头看着我，"我觉得不错。"

"听着，露西娅，我们不可能那样做。如果我们其中一人出了事怎么办？你所说的必须自己带食物是什么意思？他们什么都没给你准备？这怎么可能呢？"

她又看了看那本书，翻了几页，然后把整本书递给我，拿出她的iPad。我盯着书页，一种恐惧感开始在我的内心滋长。

"网站上有很多去年夏天比赛的博客，"露西娅说，"还有一个脸书页面……还有联系表。"

我打断了她。"露西娅，上面说每个人要花费几千英镑，这还不包括航班的费用。"

"那又怎样？"

"所以我们本可以找个地方，在阳光下度过一个愉快的假期，为什么要做穿越沙漠这样的蠢事呢？"

露西娅盯着我。她的眼神跟我躺在新西兰的沙发上，她向我发起跑步挑战时的眼神一模一样。我知道这是我们生命中的一个关键时刻。

"你说过我们要一起去做这件事的，迪恩。所以我们就得去做。"

我退缩了，我知道拒绝她反而会让她更坚定，于是不再谈论这件事，以为圣诞节结束时她就会把这件事忘得一干二净。

可是我错了。圣诞节过后，露西娅比以往任何时候都更加坚定，距离比赛只有十个月了，她觉得自己必须加快速度。她联系了比赛代表，下载了申请表，告诉我她准备好了。

这是我阻止她的最后一次机会，我把我能想到的最好的理由都丢给了她。"你不洗澡怎么过？你的头发呢？还有你的指甲？"

"我不在乎这个，我不介意。奥兰治河流经其中一个赛段，那天我可以洗头。"

我尝试了另一种攻击方式："约翰内斯堡是世界上谋杀率最高的城市之一。你真的想在那样的城市里跑来跑去吗？"

"迪恩，我肯定要去跑。你要和我一起去吗？"

我想了一会儿。

"我们得把圣诞节的脂肪都减掉。"

她只是这样盯着我。

新西兰的一幕再次上演了。我知道我不能阻止她，我真的不想。我一直以来都很喜欢露西娅的勇气和热情，我知道自从遇见她以来，我的生活好得不只一星半点儿。我想确保她在外平安，即使这意味着做一些像穿越卡拉哈里沙漠这样可笑的事情。

"好吧，"我说，"我加入。"

— ✳ —

从我到乌鲁木齐的那个晚上开始，我就再没有和露西娅通过话。有些参赛者花了50美元在比赛中发送电子邮件和发布博客，但我没有。我不想分心，而且我知道露西娅可以在比赛组织者的网站上查看到我的完赛时间和比赛名次的每日更新。所以在哈密的颁奖晚宴之后，我终于可以在分开一个多星期后给她打电话了。

我其实有点紧张。我必须想办法告诉她，我想带一只中国流浪狗回家和我们一起生活。自从我们的圣伯纳犬死后，我们就再没有养过狗。他死的时候，我们俩都很难过；我们已经达成了默契，彼此都不想再经历那样的痛苦。

当我准备打电话的时候，我又把我的说辞演练了一遍。"我得了第二名，这是不是很棒？还发生了一件很奇怪的事，一只小狗在比赛中一直跟着我，我在考虑带它回家和我们一起生活。"

如果露西娅站在我这一边，我就知道这事可行。如果她没有，把戈壁带回家会比我想象中困难得多。

电话响了，我深吸了一口气。

还没等我打招呼，露西娅就开始说话了。

"戈壁怎么样？"

我呆住了。"你知道戈壁？"

"是啊！很多选手都在他们的博客中提到过她，甚至一些官方比赛的更新也提到了她。她是个可爱的小家伙，对吗？"

"是的，她很可爱。我想和你谈谈……"

"你要把她带回家？我一听到她的消息，就知道你会这么做的。"

远离城市已经一个星期了，从乌鲁木齐火车站到机场的转机让我头晕目眩。我已经忘记了这个城市是多么拥挤，也忘记了要使别人明白我的意思比登天还难。即使是一些简单的事情，例如办理回家的三段航程的登机手续，也花了三倍

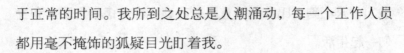

于正常的时间。我所到之处总是人潮涌动，每一个工作人员都用毫不掩饰的狐疑目光盯着我。

我还记得我为什么发誓再也不来中国。

遇见戈壁是否改变了我的感受？也许是的。这次跑步是我最好的成绩，它把戈壁带入了我的生活。但我仍然很难想象自己会再次回到中国。如果不懂当地的语言，就很难把事情做好。

当我接近回北京的航班登机口时，我看到所有的比赛组织者都在等着登机。

我知道老板对戈壁很感兴趣，我想确保她在比赛后不会被遗忘。我感谢她让卢女士在我回家安排的这段时间照顾戈壁。

她把名片递给我，"很高兴看到你和戈壁的故事有了一个圆满的结局。如果我们能帮助你实现这一目标，我们一定会努力的。"

当我上了飞机，我才后悔没有问老板为什么卢女士没有出现在哈密的颁奖晚宴上。我不是个咄咄逼人的人，也不想让人觉得我难以相处。但当飞机开始滑行时，我在想也许还

有比这更重要的事情。我相信卢女士会照顾好戈壁，但我真
的那么了解她吗？她为什么不来哈密？这到底是沟通上的失
误，还是预示着事情可能不会那么顺利？

　　别疑神疑鬼了，我告诉自己，别管它了，天亮了一切都
会好起来的。

第十一章　"带戈壁回家"

露西娅在爱丁堡机场接机的时候带来了坏消息。在我乘机的时候，她研究了把一只狗带到英国的相关规定。

"这不太容易，"她说，"你可能觉得最难的部分是让戈壁离开中国，但据我了解，让她进入英国会更难。繁文缛节比想象中要多很多。"

在想念戈壁和期待再次见到露西娅的时候，我做了很多想象。我曾想象过戈壁会被隔离，而我们不得不支付天文数字的兽医费用，而且整个过程会持续数月。

结果证明我的设想没有错。

她需要被隔离四个月，这可价值不菲。但真正的坏消息是，我们现在还不知道她在哪里。

"希斯罗机场，"露西娅说，"这是唯一的选择。"

我们在爱丁堡的家和伦敦主要机场之间的距离是644公里，如果是在中国或者美国，这段距离并不算长。但在英国，这可是一段史诗般的旅程，要花费数百美元的汽油或机票，酒店和出租车的费用还会更高。伦敦的生活并不便宜，即使对狗来说也是如此。

我们调查得越多，就越发现露西娅对把狗带到英国的成本和复杂性的判断是正确的，但我们低估了把戈壁带出中国的难度。在一场可以用最多繁文缛节来解决这个问题的战争中，看起来是中国赢了。

我们通过电子邮件发送的每一项宠物搬家服务都得到了相同的答复。不是，其中一些甚至没有详细说明。但是从那些有详细说明的案例中，我们开始全面意识到这个问题的难度。

为了让戈壁离开中国，她需要先在登机的那个城市里接受兽医检查。这意味着我们必须把她送到北京或者上海。

也许听起来很简单，但要把她送上乌鲁木齐的飞机，戈壁需要进行一系列血液测试、兽医的正式签字，以及某个部门的中国政府官员的正式批准。哦，还有一件事：为了让她能够从乌鲁木齐飞到北京或上海，戈壁还需要有带她出国的人陪同。

"有没有可能让卢女士做这些？"露西娅问。

"她连在沙尘暴中搭帐篷都做不到，更不用说这个了。

"我们能找人开车送她去北京吗？"

花了几分钟在谷歌上搜索后，答案就很清楚了。2900公里，35个小时的车程，穿越高山、沙漠，以及天知道还有什么，B计划也不可行了。

整整一个星期，除了拒绝邮件外什么也没有。之后，一丝曙光出现了。一位名叫Kiki的女士给露西娅回了一封电子邮件，说她的公司凯文家宠物会所也许能帮上忙，但前提是我们能说服卢女士进行一些基本的医疗工作。我抱着最好的打算，询问了卢女士。

让我惊讶又心怀感激的是，卢女士马上回了邮件。是的，她可以带戈壁去看兽医，而且可以确保她能接受到Kiki

公司要求的所有检查。她甚至买了一个板条箱，这样戈壁就可以进入货舱了。

这是最好的结果。

但费用不便宜。Kiki估计，让戈壁回到英国至少要花6500美元，我们算了算，还要再花2000美元用于检疫，以及更多的钱用于往返伦敦和爱丁堡之间。

这是一大笔钱，我们需要认真考虑能不能做到。一方面，我想自己支付所有的费用，不是出于自豪或其他原因，只是因为把戈壁带回来是我——现在也是露西娅——为了戈壁和我们自己想做的事情。我们把戈壁带回来并不是出于慈善或善意。把她带回来是因为，尽管听起来很奇怪，她已经是这个家庭的一员了。当涉及到家庭时，根本不需要计算成本。

尽管这一切都是事实，我还是想要现实一点。如果任一环节出了什么差错，总额会很容易超过1万美元。当我在比赛结束时告诉人们，我想把戈壁带回家时，艾伦、理查德和其他一些参赛者都表示他们想帮忙，想捐款。在我回家后的几天里，我收到了几封来自参赛对手的电子邮件，询问如何给戈壁基金捐款。我知道戈壁的勇气和决心感动了很多人，所以他们愿意拿出一些钱来帮助她，确保她未来有一个美好、安定的生活。

所以我和露西娅坐在电脑前，建立了一个众筹页面，起名为"带戈壁回家"。当涉及到筹资目标时，我们都停了下来。

"你觉得该写多少？"她问。

"这个数怎么样？"我说着，在表格上输入了6200美元。"我们可能永远不会筹到这么多，但这应该是把她带到这里最现实的预算了。"

"就算我们只筹到几百美元，也会有帮助的。"

在接下来的24小时里，我的电话响了几次，提醒我到了几笔捐款。我很感激比赛同伴们给我的每一份捐赠，因为我知道，即使只是给几美元，也会让我们面前的任务变得容易一些。然而，比起钱，我更喜欢阅读人们留下的评论。很明显，帮助戈壁让他们很开心。我没想到会这样。

我也没想到露西娅在众筹页面上线的第二天就接到了电话。那家伙自我介绍说他是个记者，看到了众筹页面，想和我谈谈。他解释自己是如何在露西娅的网站上找到她的电话号码的，那个网站将她宣传为一名跑步教练。知道一个陌生人能这样找到我们，感觉有点奇怪，但当他解释为什么打电话时，我有些感兴趣了。

他想采访我，为他的报纸写一篇关于戈壁的独家专访，这是一家名为《每日镜报》的英国小报。

像他这样的报社记者并不总是享有最好的声誉。几年前，《每日镜报》和其他几家报纸卷入了一起电话窃听丑闻，信任度仍然很低。但这家伙听起来很真诚，所以我决定答应他，看看会发生什么。至少能把它发布到脸书上，让更多的人来捐钱。这可能会很有趣。

在挂掉电话之前，这位记者提醒我，这是一篇独家报道，他担心我可能会接受其他记者的采访，会在他发表之前把这个故事告诉别人。

"伙计，"我笑着说，"你可以对这个故事为所欲为，没有人会在意它。"

第二天我们通过电话进行了采访。他想知道关于这次比赛的一切，我是怎么认识戈壁的，她和我一起跑了多远，我为什么希望把她带回英国。我回答了所有的问题，虽然一开始有点紧张，但我对采访的进展感到满意。

第二天，当我去买报纸时，我不知道是紧张还是兴奋。我快速浏览了几页，不知道自己会看到什么。

我没有想到会是一整个版面，有非常棒的比赛照片和一篇很好的文章。但首先映入我眼帘的是大写的标题：《我不会抛弃我的马拉松伙伴》。这位记者记录了所有的事实，他甚至还引用了比赛创始人的话："戈壁真的成为了这场比赛的吉祥物，她体现了与参赛者一样的战斗精神。"我喜欢这句话。

我以前上过一次报纸，那是我第一次跑到超级马拉松的第六名，我还在比赛的官方博客和一些体育杂志上被提到过几次，但这些都无法与这篇报道相提并论。这很奇怪，但感觉很好，我很快就能在众筹网站、脸书和任何我能想到的地方发布消息了。我还认为，这对已经捐款的每个人来说都是一个很好的鼓励。

那天早上我去买报纸之前，已经查看了众筹页面。当时众筹了1000美元，大约有六七个人捐了款。一个小时后，当我放下报纸，开始冲早晨的第三杯咖啡时，神奇的事情发生了。

我的手机开始不停地响。

开始只是接到了一个通知。一个我从未听说过的人刚刚捐了25美元。几分钟后，又传来一条消息，另一个我从未听说过的人捐了同样的钱。又过了几分钟，又来了一个，然后是另一个，再然后有人捐了100美元。

我很惊讶，甚至有点困惑。这是真的吗？

手机又响了几声，几分钟过去了，我开始上网搜索，看报纸上的文章是否也在《每日镜报》的网站上出现。果然在，而且发布的几个小时内，就被数百人分享和喜爱。

我从未想过会发生这样的事。

这篇文章的网络版将故事描述为"超级马拉松选手和不肯离开他的流浪狗之间的亲密关系"。当读到这些话的时候，我的内心发生了一些变化。我知道自己的心一直被戈壁温暖着，不想离开她，但我没有对记者说过这些话。这些不过是他的描述，但事实上，他以和我差不多的方式看到了我与戈壁团聚的重要性，这让我感到备受鼓舞。

我想，也许这就是人们捐款的原因。也许他们也看到了他所看到的。

文章发表24小时后，众筹页面显示，6200美元的目标已经实现，但捐款仍然没有停下来。人们还在继续，他们对我和露西娅来说都是陌生人，但他们都被这只小狗的故事感动了，不知为什么她选择了我，并且不离不弃。

随着捐款情况的不断更新，我的手机开始弹出其他记者发来的信息。他们中的一些人通过众筹网站给我发信息，还有的通过社交媒体给我发信息。要与他们全部保持联系很困难，但我想回复到每一个人，每一个。

起初文章只是刊登在《每日镜报》上，然后是另一家小报，接着是几家大报社。我怀疑过记者们采访的方式会因不同的报社而有所不同，也许他们想知道这个故事的其他方面，但他们都很乐意问同样的问题：你为什么会去中国跑步？怎么认识戈壁的？戈壁跑了多远？你是什么时候决定把戈壁带回家的？你还会和她一起跑步吗？

当我第一次听到最后一个问题时，我顿了顿。我意识到，在这么多的忙碌和计划中，我从未真正想过戈壁回到爱丁堡后的生活会是什么样子。她希望每天步行40公里吗？她将如何应对城市生活？如果我再和她一起跑步，她还会像以前那样守在我身边吗？还是想独自跑到这个陌生但满是诱惑的新世界里去呢？

我对戈壁的过去一无所知，对我们在一起的未来也一无所知。我想这就是为什么所有关系的开始都会如此令人兴奋——即使是和邋遢的流浪狗的关系。

在接受了几家报纸的采访后，我收到了来自BBC的消息。那天晚上，菲尔·威廉姆斯想要为他在第五频道上的直播节目采访我，尽管我已经开始有些厌倦采访了，但我没有办法拒绝他。

结果证明这是我当时能做的最正确的决定。他们录下了我的采访录音，并把它和他们从比赛中获得的一些镜头放在一起。这段一分钟的小视频比我想象的还要受欢迎。不久，这段视频就被观看了1400万次，成为BBC网站上观看次数第二的视频。

从那之后，一切才真的开始不一样了。

我又接受了BBC其他节目的采访，然后英国电视台的人开始打来电话，再然后是德国、俄罗斯和澳大利亚的电视频道。我还上了Skype、CNN、ESPN（戈壁入选了前十大故事）、福克斯新闻、美国广播公司、美国《华盛顿邮报》、《今日美国》、《赫芬顿邮报》、路透社、《纽约时报》和其他播客，以及埃里克·赞恩秀，这些采访让这个故事提高到了一个新的层次。

众筹页面上的总金额一直在不断攀升，来自世界各地的人们——澳大利亚、印度、委内瑞拉、巴西、泰国、南非、加纳、柬埔寨，甚至朝鲜——都愿意为这个项目尽一份力。这令人感到兴奋，又让人诚惶诚恐。

几天之内，我和露西娅的生活就完全改变了。我们曾经不确定众筹是不是对的，也意识到把戈壁接回家将是一个多么大的挑战。但是现在，在24小时内，几乎所有的担心都烟消云散了。有了Kiki的支持，有了这么多人的承诺，我们确信，最大的障碍已经得到了解决：我们有能力把她带回来，也有资金让她回来。一切似乎都在有条不紊地进行着。

几乎是一切——

除了卢女士没有回复我们的任何邮件。

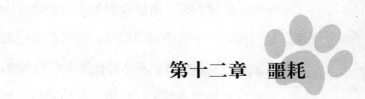

第十二章 噩耗

"我就是不明白，露西娅。我不知道为何会这样。"

当我们躺在床上，等待闹钟响起时，我们进行着今天的第一次谈话。但是这些话对我们来说却有一种奇怪的熟悉感。自从《每日镜报》的那篇文章发表以来，在过去的一个星期里，我已经说了很多次同样的话。虽然众筹页面已经高达2万美元，但我们从卢女士那里得到的只有沉默。

每次和露西娅说起的时候，我都尽力解释自己对卢女士和乌鲁木齐的了解。我告诉她那是一个多么繁忙的城市，那里的每个人都在忙着做各自的事情。"卢女士是个维修工——她以忙碌为乐，所以我想象不出来她会翘着脚坐在家里。她可能还有上百个项目要做，所以很难抽出时间来帮助我们。照顾一只小狗肯定不是她优先考虑的事情。"

"所以我们要提醒她这件事。我们需要让她明白这有多重要，不是吗？"露西娅说。

我想起了沙尘暴肆虐的那个晚上。"如果卢女士觉得我是个讨厌鬼，她是不会帮我的。如果我们给她压力的话，我想她只会做的更慢，仅仅是为了惹我们生气。"

我们又静静地坐了一会儿。

"你觉得她会在脸书上看到这些东西吗？"

这是不可能的。由于中国没有脸书或推特，我无法想象我们正在经历的这些会如何传到中国。

"那我们该怎么办？"

房间里又静了下来。每当说到这里，谈话总是无果而终。我们被困住了。我们无力去做任何事，只能等待。

尽管卢女士没有回复，但其他人却并非如此。随着Kiki给我们发来电子邮件，询问是否还需要她的帮助，我们开始在脸书的页面上看到越来越多要求更新最新情况的评论。人们理所当然地想知道发生了什么。他们想知道戈壁准备这段旅程的过程如何，以及她什么时候能够回家。他们想看到照片、视频和新闻。

我不能怪他们。如果是我把钱捐给了这种项目，我也会有同样的想法。我也会想知道这只狗是否得到了很好的照顾，主人是否尽职尽责。我想要证据证明一切都在顺利发展。我想知道整件事不是什么骗局。

虽然我和露西娅都不顾一切地想给人们提供他们想要的信息，但我们做不到。我们所能做的就是发布一些模糊的信息，告诉大家一切都在掌握之中，我们正在迈出第一步，这将是一段非常漫长的旅程。我们对新闻和照片实行定量配给，就像我们在漫长的沙漠比赛中对食物实行定量配给一样。

又过了几天，卢女士仍然没有回应。我能感觉到Kiki对一直等待我们的消息有些沮丧，但很明显，她理解摆在我们面前的这个挑战的独特性。她主动提出想给卢女士发电子邮件，我们欣然同意了。幸好Kiki是中国人，这帮助我们解决了语言和文化问题。

另一方面，捐赠者们的声音越来越大，对信息的要求也越来越多。我开始担心，如果我们不尽快拿出一些具体的消息，这股积极的支持浪潮可能会从我们身边退去。更糟的是，人们可能会转而攻击我们。所以我决定给比赛的组织者中的一位打电话。

"现在这成了一件大事了，"我告诉她，"不仅仅是我关心戈壁的回归，全球的人都在关心。感觉就像有成千上万的人在盯着，想知道发生了什么。捐款的人就像股东一样，他们想要答案。"

她听着我的话，告诉我她明白了。"我会想办法的，"她说。

当电话结束时，我感到有一股重量从我身上落了下来。如果比赛组织者参与进来，一切就都会好起来的。他们能够在四大洲策划一系列竞赛，也一定能让一只小狗和主人团聚吧？

果然，一个星期后，Kiki收到了卢女士的电子邮件。一切都很好，尽管卢女士承认会有很多事情要做，比她最初预期的要多得多。她和Kiki达成一致，由她继续照顾戈壁，但是Kiki会派人去乌鲁木齐帮忙处理戈壁飞到北京之前需要做的所有事情。

这是个好消息。只是比我和露西娅所希望的用时要长得多。但最重要的是戈壁是安全的，卢女士还在照顾她，很快Kiki的人就会在乌鲁木齐将这个计划付诸实施。

卢女士甚至还发来了一些照片，我们可以给支持者们一个完整的进展更新。这些照片成功地回应了他们的大多数问题。然而记者们的询问还在继续，这也是我第一次和杂志记者以及更多的电台进行交谈。

从中国回到家后，我第一次真切地感到，一切都会好起来的。

然而，接下来的一周，我又开始紧张起来。卢女士又沉默了。这太令人沮丧了。自我们推出众筹网站以来，已经过去了两周的时间，但我们还没有给戈壁提供她所需要的医疗护理和测试，让她开始准备回家。

我又给比赛组织者发了一封电子邮件，看她是否能帮上忙，但我没有收到她的回复，而是收到了一封从她的办公室发来的邮件。邮件上说她在美国，卢女士也是。邮件写道，

戈壁正在接受治疗，卢女士几天后就会回到中国，一切都很
好。还说组织者计划趁和卢女士在一起的时候把一切都谈
清楚。

我和露西娅不知道该说什么。我们有点恼火，还有一
个星期，Kiki就可以带人去看卢女士，让事情开始有所进展
了，但我们知道这其中可能会出现波折。谁知道呢，也许当
卢女士在美国的时候，她会看到一些关于这个故事的报道，
让她自己更清楚地知道戈壁得到了多少关注。

卢女士说到做到了。几天后，当她回到中国时，她给
Kiki发了一封电子邮件，并承诺会尽快采取行动。

当Kiki告诉我这个消息时，我想，太好了，现在还不算
太晚。

一天后，我问Kiki，什么时候能派人去乌鲁木齐？

她回复得很快。

迪恩，我没有收到卢女士的回信。Kiki。

我又等了一天。

今天有什么消息吗，Kiki？

Kiki又直接回复了。

没有。

我又给比赛组织者发了一封邮件。

为什么要花这么长时间？别告诉我出了什么状况。

第二天，Kiki没有消息，我的收件箱也没有收到比赛组织者的任何邮件。

又过了一天，从我醒来的那一刻起，我就感觉事情有些不对劲儿。

我坐在床上，等着闹钟再次响起，当时很亢奋，好像已经在喝第三杯咖啡了。我不能确切地告诉露西娅问题出在哪里。"但肯定有问题，"我说，"我知道有。"

我起身查看手机，现在已经是中国的傍晚时分了。在记者发来的少数几封电子邮件和众筹页面上的大量通知中，有一封格外引人注目：

收件人：迪恩·莱纳德

发件人：＊＊＊＊

日期：2016年8月15日

主题：戈壁

迪恩，我需要给你打电话。

— ✳ —

那天上午晚些时候，当比赛组织者和我交谈的时候，我对自己所听到的事情并没有感到很诧异。她告诉我，卢女士在美国的时候，她的公公一直在照顾着戈壁。她会逃跑一两天，但还是会回来吃东西。然后她又失踪了，就再也没有回来。现在，戈壁已经失踪好几天了。

"你在开玩笑吧，"我说。我试图让自己保持冷静，不要爆发出一连串的咒骂，我气得要命。"他们是否在寻找她？"

"卢女士叫了很多朋友们一起去找了，他们正在尽最大努力去寻找她。"

尽最大努力？我对此表示怀疑。在自己的家里养一只小狗能有多难？我有一种强烈的感觉，组织者所说的不一定准确。卢女士沉默了这么久，我一下就想到戈壁失踪的时间一定会更早，也许在她去美国之前戈壁就已经失踪了。如果我的想法是对的，那么这就意味着戈壁已经失踪了十天或更长的时间了。

　　我的脑海中闪现了各种各样的情景。这些情景都不太好，我尽力不去想。现在不是恐慌的时候。我需要立刻行动起来。

　　"那么我们能做些什么呢？"我说，不知道接下来会发生什么。

　　"卢女士在尽她所能寻找戈壁。"

　　不知怎么的，这似乎还是不够。

　　上班的时候我给露西娅打了个电话，告诉她戈壁失踪了，我非常怀疑卢女士是不是真的像电话里说的那样在寻找她。然后我给Kiki打了个电话，又把故事从头讲了一遍。

　　"让我和卢女士谈谈吧，"她说。这是我一上午听到的第一个有意义的建议。

　　Kiki给我回电话时，告诉我她对整件事很是怀疑——这根本说不通。

　　"好吧，"我说，暂时不提我的怀疑了，"但接下来该怎么办呢？"

　　"我们要做的就是让更多的人去寻找戈壁。"

　　"我们怎么才能做到呢？卢女士是我在乌鲁木齐唯一认

识的人。"

"我在北京认识一个人，他对寻找失踪的狗狗很有经验。他现在在北京经营一家宠物收容所。也许他能够帮忙。"

没等多久，Kiki就又打来电话。她跟她的朋友柯瑞思说了这件事，柯瑞思在北京经营着一家领养小铺。我听了她的建议后，就知道他是最适合帮忙寻找戈壁的人了。

"首先，我们需要一张寻狗启示。上面必须有戈壁的近照，对她的详细描述，以及她失踪的地点。我还需要一个联系电话，最重要的是，要有所奖励。"

"多少钱呢？"我问。

"起价5000元人民币。"

我算了下自己还剩的钱。700美元。如果需要的话，我愿意付十倍的价钱。"我们必须让寻狗启示无处不在，尤其是要利用数字化平台。你有微信吗？"

我没有听说过微信，但是Kiki告诉我，那是一种社交的应用程序，类似于推特，在中国很流行。

"需要有人建立一个微信小组来分享这个消息。然后我们需要大家在街上分发这些寻狗启示。柯瑞思说，大多数狗都是在它们失踪地方的3到5公里内被发现的，这就是我们需要集中力量寻找的地方。"

这让我头晕目眩。根据我的经验，戈壁可以在20分钟内轻松跑完3到5公里，那么她可以远远超过柯瑞思所说的范围。但即使把这一点先暂且放下，我也无法想象戈壁可能在哪里，因为我不知道卢女士住在这个城市的什么地方。我唯一确定的就是，乌鲁木齐人口密集，和我在亚洲的任何地方见到的都差不多。方圆3到5公里的范围内可能有成千上万的人。让这个消息传遍大街小巷的话，卢女士是我唯一的希望了，但我不相信她会这么做的。

谢天谢地，Kiki把最好的消息留到了最后。

她告诉我柯瑞思认识一个住在乌鲁木齐的人，是一位叫鲁新的女士。她自己的狗失踪的时候，就是柯瑞思帮着寻找的。他已经问过她了，虽然她以前从来没有带着狗去找过失踪的其他狗狗，但是她说她愿意帮忙。

我深深地吸了一口气，真是太感激了。

"太棒了，Kiki。太谢谢你了。"这些人与我素未谋面，他们的好意让我大吃一惊，他们一接到消息就立即行动起来了。我从小就没有祈祷过，但我确实时不时地说几句感谢的话。

我回去等消息。现在是苏格兰的午餐时间，但在中国，一天的工作已经结束了。我知道要到第二天早上才会收到Kiki的消息。

我从中国回来已经快四个星期了。我几乎马上就开始了工作，每天早上、晚上和周末都要挤时间去面试和处理电子邮件。我每周有几天在家工作，其他几天在英格兰南部的办公室里工作。戈壁失踪的那天我正在公寓里，但随着下午时间的推移，我却希望自己不在那里，在哪儿都行。一个人在家真的很难，比穿越黑暗的戈壁沙漠还要艰难。我满脑子想的都是戈壁。

一天的工作结束了，露西娅回家后，我们讨论了该做些什么。我们俩都清楚，必须让人们知道关于戈壁的事，但要用适当的方式表达出来却很困难。我们了解的很少，但我们不想让其他人被蒙在鼓里。

经历了几次错误的开始之后，当夜深人静的时候，我终于贴出了这些话，我希望它能够提醒人们，帮助戈壁安全返回：

　　昨天我们接到一个电话，得知戈壁在中国乌鲁木齐失踪了几天，至今仍未找到。听说她现在在这座城市的街头，而我们要带她到英国的计划又悬而未决，我们简直悲痛欲绝。这确实是最糟糕的24小时，我将我的痛苦和悲伤与你们分享。请理解，戈壁在乌鲁木齐受到了很好的照顾，这次事件实属不幸。

　　今天，以下的信息和奖励都已经在中国微信上发布。乌鲁木齐动物收容所也组织了寻找戈壁的小组，我们也在组织当地人在城市的街道和公园寻找戈壁。

　　如果有人能提供戈壁的下落，请尽快与我们联系。我们希望并祈祷能尽快找到戈壁，并将随时为您提供最新进展。

　　我想说的是，我们非常感谢迄今为止为寻找戈壁所提供的一切资金和支持。我们确信众筹平台将在33天后停止，如果届时仍然无法找到戈壁，筹集的资金将被全部退还。

迪恩

几分钟的时间，我就听到我的手机收到了回复提醒。开始的时候速度很慢，然后越来越快，就像从慢跑变成了全速冲刺一样。

我暂时没有接任何电话。我不想读别人写的东西。我并不是不在乎他们的想法。我很在意，也很关心。但是我没有更多的消息可以告诉他们，也没有更多的办法。

我唯一能做的就是等待。希望戈壁一切都好。希望这个今早醒来之前从未听说过的鲁新女士能够创造奇迹，建立一个足够大的搜索团队张贴寻狗启示，这样一来，无论何人何地，只要见过戈壁且非常关心戈壁的人就会打来电话，索要奖励。

我在跟谁开玩笑呢？成功的希望微乎其微。

当夏夜的最后一丝阳光从天空中消失时，我的思绪变得更加暗淡。我还记得那天最后一次打电话时，Kiki告诉我的另一件事。她说，柯瑞思是在鲁新的狗失踪时认识她的，是他建议出去寻找的。

但鲁新的狗一直都没有找到。

第四部分

寻　找

第十三章　回到中国

几乎所有澳大利亚人都听说过超级巨星克里夫·杨。他激励了我们所有人，不仅仅只是作为耐力运动员。对于那些曾经面临着无法克服的挑战的人来说，克里夫的故事给了他们希望。

1983年4月27日星期三，克里夫·杨来到悉尼西郊的韦斯特菲尔德购物中心，这里是即将举行的一场精彩比赛的起跑线。这条路线通向另一个韦斯特菲尔德购物中心，距离墨尔本有875公里。

大多数人认为，这场比赛是同类比赛中最艰苦的，赛场上聚集了一些世界上的杰出选手，他们都正当壮年，为了这次比赛而进行了数月的艰苦训练，从而让自己达到了巅峰状态。

在这场残酷的比赛中，克里夫脱颖而出。他时年61岁，穿着工装裤，拿着工作手册，摘掉了假牙，这是因为他不喜欢在跑步时假牙嘎嘎作响。

虽然大多数人觉得他要么是一个观众，要么就是一个迷路的维修工，但克里夫戴上了他的比赛号码，加入到其他参赛者的行列。

"伙计，"一个记者看到克里夫站在起跑线上时说道，"你认为你能完成比赛吗？"

"是的，我可以。"他说，"我在一个农场长大，我们买不起马和拖拉机。我的整个成长过程中，每当暴风雨来临的时候，我就得出去把羊圈起来。我们在2000英亩的土地上养了2000只羊。有时候，我的那些羊会出去跑两三天。这个时间很长，但我总是能抓住它们。所以我相信我一定能跑完这场比赛。"

比赛开始了，克里夫落在了后面。他甚至跑得不太对：

他的样子很奇怪，拖着脚走路，几乎没有把脚抬离地面。第一天快结束的时候，所有的参赛者都决定停下来休息时，克里夫已经被远远地落在了后面。

专业的跑步者知道该如何调整自己的跑步速度，他们都制订了相同的计划，每天跑18个小时，睡6个小时。他们中最快的人希望在7天内到达终点。

克里夫正在制订一个不同的计划。第二天早上，当他们继续开始比赛时，其他人听到克里夫还在比赛，都惊呆了。他没有睡觉，拖着脚步走了整整一夜。

第二天晚上和第三天晚上他都做了同样的事。每天早晨，都会传来更多关于克里夫如何在夜间慢跑的消息，占据了比他小一半的参赛者白天试图抢占的领先优势。

最终，克里夫超过了他们，5天15小时4分钟后，他冲过了终点线。他以快将近两天的时间打破了该项赛事的纪录，同时也打败了其他五名跑完全程的选手。

令克里夫感到惊讶的是，他收到了一张一万美元的支票。他说他不知道有奖品，并坚持说他参加比赛并不是为了钱。他拒绝拿一分钱，而是把钱平分给了其他五个人。

克里夫简直就是个传奇。很难知道人们最喜欢他的哪些镜头：他穿着工装裤和休闲T恤在高速公路上慢吞吞地走着的镜头，还是他穿着橡胶靴、一副信心满满的样子在牧场上追羊的照片。

澳大利亚新闻网络报道克里夫的故事的时候，我还是个孩子。他是一个名人，一个真正的独一无二的人，他做了一件让全国瞩目的惊人事情。直到我自己成为了一名跑步者，才意识到他的成就是多么了不起。而直到戈壁失踪，我在回中国的航班上发现自己又想起了他的故事，牵出了深深的灵感。

发布戈壁失踪消息的第二天，我们收到了来自世界各地的人们的诸多信息。有些是积极的，充满了同情、祈祷和良好的祝愿，还有一些则是担心戈壁会被吃掉。这是我第一次真正思考这种可能性，但我还是觉得可能性不大。虽然我在中国只待了十天，但我有一种感觉，中国人吃狗肉的传言不一定是真的。当然，我在这里见过流浪狗，但我在摩洛哥、印度甚至西班牙也见过。每一个对戈壁感兴趣的中国人都对她表现出了关爱，而不是残忍。

虽然我很感激人们的祝福，也可以感受到他们的恐慌，但还有第三种信息我不知道该怎么处理：

怎么会这样呢？！这是真的吗？

我就知道会发生这样的事情……那只狗居然丢了，真是个可怕的地方。用这种方法处理，真是恶心。

这只狗究竟是怎么逃出来的？

这些"看护者"只有一项任务，就是保护这只珍贵小狗的安全，而这些监护人却让她大失所望！你怎么能把小狗弄丢呢？你应该看着它，一直到它被收养为止！

我感觉很不好。事实上，我感觉糟透了。这么多人捐了这么多钱——到她失踪的时候已经超过了2万美元了——而现在戈壁失踪了。我知道在大家的眼里，我对戈壁应负有全部责任。我接受了这一事实，也知道责任就在于我。

如果我处理的方式不同，那么戈壁就不会失踪了。我还能做些什么呢？当我跑完全程，离开了卢女士和戈壁，我以为只要几个星期我们就能在英国团聚，这样戈壁就可以开启检疫程序了。如果我知道让她穿越中国，然后离开这个国家是多么困难的一件事，我一定会雇一个司机，亲自把戈壁带回北京。但当我跑完全程时，我只知道卢女士——在我看来，她是这份工作的最佳人选——很乐意帮忙。在当时，这似乎已经足够了。

我很想回复每一条信息，但它们来得速度比《每日镜报》那篇文章发表后还要快。每隔几分钟就会有一条新的评论，我知道，最好还是要给人们一个发泄愤怒的空间，此时卷入任何争论都是没有意义的。

而且，还有一种评论开始引起了我的注意。

我不知道这是不是一起绑架事件，因为大家都在关注她的故事。

虽然当别人把事情搞砸时，我可能会对他们生气，但我通常都是一个非常值得信任的人。我从来没有想过戈壁的失踪不只是一场意外，我一直相信比赛组织者告诉我的，也相信卢女士所告诉Kiki的话。然而，我读到的这些信息越多，我就越想知道到底是怎么回事。

我希望这不是蓄意的，不是有人在幕后操纵这件事。请原谅我的怀疑，但我不明白怎么会发生这种事！戈壁的故事传遍了全球，我只是希望有人（最好不是迪恩）不要试图从她身上赚钱。失踪了好几天，你怎么才知道？

他们说得有道理。全世界有成千上万的人在关注着这个故事，众筹的总数也是显而易见的。难道有人试图通过带走戈壁来轻松赚钱，而且希望我们为她的安全归来支付报酬吗？

我本来应该在工作的，我尽了最大努力继续去完成我所必须要写的报告，但这很难。我一定是被这些想法和问题分散了注意力。我觉得自己就像暴风雨中的一根羽毛：无能为力，任由比我强大得多的力量摆布。露西娅下班回来的时候，我已经筋疲力尽了。

她一整天都在关注人们的反馈，虽然我被那些寻找替罪羊的帖子所左右，但是她却被那些试图找到解决办法的帖子所打动了：

你能飞过去看看吗？她会感受到你，并找到你的！请用这笔钱保证她的安全，直到她和你一起飞回家。

她在找你。心都碎了。我祈祷她平安。我认为，如果你用这些众筹资金中的一部分来奖励她的安全归来，那么人们会去努力寻找她的。这件事已经向媒体公布了吗？

在10月1日前往智利参加阿塔卡马沙漠穿越赛之前，我在家里已经待了六个星期了，其余的时间差不多也是这样。我在中国没有受伤，我几乎一回到家就能恢复训练。我确信我会以最好的状态去赢得阿塔卡马的比赛，特别是现在我知道了一些我将要对抗的跑步者们，比如汤米和朱利安。如果我赢了阿塔卡马沙漠穿越赛，那么我就会去参加2017年的撒哈拉沙漠马拉松，争取进入前二十名。在整个比赛的历史上，没有一个澳大利亚人获得过比这更高的名次。

突然去中国寻找失踪的小狗，其实并不是我计划的一部分。距离阿塔卡马沙漠穿越赛还有六周的时间，我应该在自制的桑拿房里，用跑步机每周跑161公里。相反，我什么也没有做。寻找戈壁已经成为了我生活的全部，我所有的训练都停止了。

　　撇开阿塔卡马不谈，不回中国还有其他很好的理由。我不会说当地的方言，也不会读汉语，而且我寻找失踪的小狗，在这方面的经验，甚至比负责搜寻的那个女人还要少。如果我去的话，既是在浪费他们的时间，也是在浪费我自己的时间。

　　但我很快就改变了主意。并不是我所有的怀疑都突然得到了解答，也不是我有一种深刻的感觉，如果我去，我就会找到戈壁。我决定去是出于一个简单而又令人信服的事实：

　　如果我不去，并且永远也找不到她的话，我将带着内疚过完后半辈子。

　　就这样，我坐在了爱丁堡机场的登机口，准备乘坐三次航班、三十多个小时的旅程返回乌鲁木齐。我拍了一张飞行路线照片，并把它发布在了网上。在过去的几天里，很多人都很善良，慷慨大方，我想让他们知道，我正在尽我所能去寻找戈壁。

打了那个电话才四天，但我知道，那些慷慨解囊希望让戈壁回家的人都想让我回去找她。我们建立了第二个众筹网站，名为"寻找戈壁"，以此来支付我的旅行费用，还有搜索团队已经承担的打印、汽油、人员和食物的费用。就像"把戈壁带回家"那个网站一样，人们的慷慨让我和露西娅都不知说些什么才好。我们在头几天内就集成了6200美元的目标。

我也得到了老板的祝福。我刚告诉他戈壁失踪的消息，他没有等我把话说完，就说道："去吧，找到那只狗。解决这个问题。有什么需要尽管找我。"

至于阿塔卡玛，这个问题我还是无法找到解决办法。我知道，回到中国意味着扼杀我将在10月取得的伟大成就，但我觉得为此担心是没有用的。如果我错过了阿塔卡玛而找到了戈壁，这一切都是值得的。

我最后一次登录并查看了脸书。收到了几十条信息，都是满满的鼓励，积极而真诚。他们中的许多人都说了同样的话：他们在祈求奇迹发生。

我对此表示赞同。这正是我现在所需要的，没有什么比这个更好了。

在彻夜飞行的无眠长夜中，克里夫·杨的故事再次浮现在我的脑海之中。

和我一样，他在1983年慢慢走上起跑线时，也不知道自己会引起这么大的轰动。我猜他也不知道自己会赢得比赛。但他知道自己能做到。经验、信心、不知道自己面对的是什么，这些都帮助他获得了自信。

我能找到戈壁吗？我不知道。我是否应该按照人们的建议，让当地媒体报道这个故事呢？我也不知道。我以前做过类似的事情吗？没有。

但我知道我有勇气去面对。我知道我想找到戈壁的决心和我内心的任何渴望一样强烈。无论付出什么代价，我知道自己都不会休息的，直到无处可寻。

第十四章　搜索 I

　　我坐在鲁新汽车的后座上离开了乌鲁木齐机场，旁边坐着我的翻译乐乐，她是一个当地女孩，碰巧在上海的大学里学习英语。当她听说戈壁的事情后，就要求加入搜寻队伍，从一开始我就觉得跟她很合拍。

　　由于在飞机上整夜未眠，我现在想做的就是回到酒店，像冬眠的动物一样睡上几个小时。

　　可乐乐却说我没有时间到酒店睡觉了。

　　"鲁新想让你见见团队。整个下午，他们都在戈壁失踪的地方寻找，分发寻狗启示。我们一会儿再带你去酒店。"

自从我听说戈壁失踪的消息后，就一直对缺乏行动感到沮丧，所以我现在不能抱怨。

"好吧，"我说，我们在一个交通灯前停了下来，"我们就这么做。"

车停在一条住宅区的街道上，我终于看到了戈壁失踪的地方，我的心沉了下去。街道两旁是八到十层高的公寓楼。车辆在我们身后的主干道上川流不息，在不远的地方，我看到一片灌木丛，看上去一直通向远处的群山。这片区域不仅人口密集，交通危险，而且如果戈壁决定前往熟悉的环境，朝着山脉的方向逃跑，她可能会在千里之外。但如果她如柯瑞思所说待在方圆3到5公里的范围内，我们就得敲成千上万扇门去打听她的下落。

我在车里没怎么和鲁新说话，但当我环顾四周时，她站在我旁边笑了。她开始说话，我转向乐乐寻求帮助。

"她在告诉你她丢狗的事儿。她说她和你现在的感觉一样难过。她还说戈壁就在外面某个角落里。她知道这一点，她说我们会一起找到她的。"

虽然我不能赞同她的乐观，但我仍然感谢了她的好意。

这座城市比我记忆中的还要大，只要看一眼就足以告诉我，对于狗狗来说，卢女士住的地方很容易会迷路。如果戈壁受伤了，找到了安全的藏身之处，或者她被强行关押，我们就永远也找不到她了。

鲁新和乐乐在街上领路，两人谈得很起劲儿。我和搜索小组的其他成员跟在后面：有几个和我年龄相仿的人，主要是女性，都拿着海报，热切地对我微笑。我也点了点头，说了几次"你好"，但谈话很有限。我不太介意。不知何故，终于能够走上街头，张贴一些寻狗启示——真正地做些事情——让我感觉好多了。

我们拐过一个弯，我看到了当天第一只流浪狗。它比戈壁的个头大，看上去更像一只拉布拉多犬，而不像一只狭犬。

"戈壁？"我旁边的一位女士说。她穿着一件白色的实验服，手里抓着一叠寻狗启示，我回头望着她，她微笑着，热切地点头。"戈壁？"她又说了一遍。

"什么？哦，不。不是戈壁。"我说。我指着寻狗启示上戈壁的照片。"戈壁很小，没这么大。"

这位女士冲我笑了笑，然后更热切地点了点头。

我感到最后一丝希望像蒸汽一样消失不见了。

整个下午，我们都在一起走着，贴寻狗启示，每当看到狗的时候，我们都试着让那个穿白大褂的女士——乐乐告诉我她是中医——平静下来。

当我们跟在鲁新和乐乐后面时，我们一定看起来像一群怪胎——那种外表看起来很懂事，也很正常的怪胎。

只有我，这个离开机场后我唯一见到的外国人，站得比任何人都高30厘米，看上去既担心又悲伤。在我旁边的是美丽，一位特别迷人的女士（显然是一名理发师），她把自己打扮得像一位20世纪50年代的电影明星，旁边还有一只耳朵染成蓝色、腰上围着一条夏日短裙的贵宾犬。然后就是那个医生，脸上永远挂着微笑，急切地喊着："戈壁？！戈壁？！"她一边喊着，一边沿着小巷和公寓楼后面跑去。当流浪狗靠近时，医生会把手伸进她的口袋，拿出一些食物。

很明显，他们都喜欢狗。

"你觉得卢女士会好好照顾戈壁吗？"鲁新看上去有些尴尬。

"怎么了？"我问。

"我们一直在到处打听，我们认为戈壁并不是在卢女士所说的时间失踪的，她很可能早就失踪了。"

"能有多早？"

她耸了耸肩，"也许早在一星期前就失踪了，或者十天。"

虽然我一直只是在怀疑，但听到这个消息还是很痛苦。如果戈壁真的失踪了这么久，那她可能走了很远了。可能已经远离这个城市了。如果真的如此，我就永远也找不到她了。

整个下午我们都能看到流浪狗，但它们总是孤零零的。它们避开大路，沿着比较安静的路小跑，试图让自己远离人们的视线。

只过了几个小时，我们就看到了第一批走失的动物。它们在几百米外的一片光秃秃的土地上嗅来嗅去，我不想这么走着了，想跑一会儿，于是便告诉搜寻的同伴们，自己要出发了，正好也搜索一下前面。

跑起来的感觉真好。

当我到达那群狗待过的地方时，它们已经散开了。这片土地并不是空无一物，在一角有一个尚未完工的建筑。我没有转身回去和其他人会合，而是决定四处走走。

八月的天气比六月底热多了，那天下午的太阳很大。我想大概这就是周围没人的原因吧。我站在尚未完工的建筑的阴影里，享受着这份宁静。

突然有件事引起了我的注意。我听到了一种熟悉的声音，这让我回想起了和露西娅去接我们的圣伯纳犬科特利的那天。

我绕到大楼的后面去寻找声音的来源。

很快就找到了。

是小狗。

一窝大约两到五周大的小狗。我看了一会儿，周围没有狗妈妈的踪影，但它们看上去状态很好。乌鲁木齐显然不是宠物们的避难所，但密集的房屋意味着狗狗肯定有很多机会觅食。

大大的眼睛和笨拙的爪子，这些小狗不仅漂亮，而且很可爱。但就像所有的哺乳动物一样，这种无助的、可爱的阶段不会一直持续下去。我不知道还要多久它们就得被迫自谋生路，以及它们是否都能靠自己活下来。

当我返回找其他人时，听见他们在喊我的名字。显然，他们很激动，医生跑出来抓住我的手，催我赶快回到乐乐身边。

"有人看到了一只很像戈壁的狗。我们得赶快过去。"

我不知道该想什么，但空气中充满着嗡嗡声，就连鲁新看上去也充满了希望。当我们驱车800米前往事发地点时，车内的讨论声也越来越热烈。

当我们到达那里的时候，我也开始相信了。如果再有一次，我可能还会什么都相信；我已经36个小时没睡好觉了，也不记得上次吃东西是什么时候。

停车的时候，一位老人拿着一张我们的寻狗启示向乐乐做了自我介绍。他们俩聊了一会儿，那个老人指着寻狗启示上戈壁的照片，说他看到她沿着一栋公寓楼后面的小路走了。

我们去了他提供线索的地方。我试着告诉他们几个，一边喊"戈壁！戈壁！"一边走路毫无意义，因为戈壁这个名字才用了几天。她很聪明，但还没那么聪明。

但是没人听我的劝告，"戈壁！戈——壁！"的喊声还在继续。四处寻找了30分钟后，我开始感到疲倦。第一次听到这个消息时，肾上腺素激增的感觉早已过去，我准备就此打住回酒店了。

突然，前面不远处有一个棕褐色的皮毛一闪而过，拦住了我们的脚步。大家沉默了片刻，然后混乱爆发了。

我拼命朝那只狗跑去，把其他人的叫喊声远远地抛在身后。真的是戈壁吗？颜色是对的，而且看起来也一样大。但不可能是她，对吧？肯定不会这么容易吧？

当我跑到那儿时，那只狗不见了。我继续寻找，沿着连接公寓楼的小巷和土路奔跑着。

"戈壁？戈壁！迪恩！迪恩！！"

喊叫声从我身后传来，来自主干道附近的某处。

我跑了回去。

大家挤成一团，当我走近时，他们分开了，露出了一只棕褐色的猎犬。黑色的眼睛，浓密的尾巴，每一个特征都对，但不是戈壁。我从3米外就知道了。它的腿太长，尾巴太短，看它的样子我就知道它没有戈壁的精神。它在人们的脚周围嗅来嗅去，好像他们的腿是树干一样。如果是戈壁，这时应该会抬起头来，用眼睛深深地凝视着身边发生的一切。

其他人花了一些时间，最终还是接受了这一事实。

搜寻工作将不得不暂告一段落。

回到酒店，在我的身体屈服于一整天的极度疲劳之前的几分钟里，我回想起了那个下午。

搜索团队的成员都是非常棒的人，他们敬业、热情，尽管没有任何金钱回报，也对戈壁一无所知，可他们还是搜寻了整个城市，他们所携带的只有在家里打印出来的寻狗启示，上面印着一些低分辨率的照片。

他们从来没有亲眼见过她，甚至没有听到过她的吠叫，也没有看到过她奔跑时尾巴摆动的样子。在这样一个城市里，他们又有什么机会能认出她来呢？

寻找戈壁就像大海捞针一样困难，也许比大海捞针还要难。我是个傻瓜，才会以为自己能找到她。

第十五章　搜索 II

　　你可以说我是上瘾了。当我在比赛中跑在最前面时，就像被打了强心剂一样。在一些比赛中，比如撒哈拉沙漠马拉松比赛，如果你跑在最前面，你的前面会有一辆车，直升飞机从空中追踪着你，还有一大堆无人机和摄制组用高清画面捕捉你的每一个瞬间。这很有趣，但真正令人兴奋的不是那些汽车或者高科技产品。真正让我振奋的是，我身后是一千名参赛者——他们都跑得比我慢一点。

　　我在摩洛哥花了几天时间参加这种跑步，也很幸运地参加过其他一些比赛。每当我处于领跑集团的时候，不管是头顶上飞着直升机，抑或只有被苏格兰天气折磨得灰头土脸的志愿者，我都会在接下来的几天里保持兴奋。

事实上，我甚至不需要赢得第一名。我是一个现实主义者，知道自己永远不会赢得像撒哈拉沙漠马拉松这样的比赛。那个比赛的前十名都是这个星球上最有天赋和耐力的运动员。我只是一个跑步爱好者，作为一个差不多十年都是坐在沙发上的胖子，我参加这项运动的起步很晚。与那些一生都在跑步的职业运动员相比，我的胜算从来都不大。

这意味着我必须仔细设定目标。在一场世界上最好的运动员都会参加的比赛中，对我来说，跑进前20名就是胜利。当我在撒哈拉沙漠马拉松赛的高台上完成比赛时，我的兴奋之情就像赢得阿塔卡马的金牌一样甜蜜。

我很庆幸在跑步的这几年里，我已经了解了自己的最高水平，也知道自己的弱点，没有什么比无法参与竞争更让我痛恨的了。由于受伤，我的身体不能像想象中的那样快速移动，这真的让我很痛苦。被人赶超使我像心如刀割一样痛。我对自己是如此失望，以至于最终在那次比赛中中途放弃，就像在我的第一次超级马拉松比赛中所做的一样，这是最糟

糕的。

　　这些经历让我感到疲惫和沮丧。我对自己感到愤怒，甚至想把这一切都抛开。在那段时间里，和我待在一起可没什么乐趣。

　　在乌鲁木齐夏日炎热的街道上寻找戈壁，我能感觉到这种感觉又回来了。而且这次更糟。

　　自从在戈壁沙漠赛跑中获得第二名，我就一直处于兴奋状态。部分原因是比赛中取得的成绩，还有一部分是因为我在训练中不断取得的突破，而这很大程度上要归功于想把戈壁带回家的兴奋。自从她失踪后，我就采取了行动——首先想怎样才能找到她，怎样告诉支持者们，然后自己去乌鲁木齐参加搜救。从那个可怕的电话响起的那一刻起，我就一直忙得不可开交，没有机会稍作停歇。

　　我一到乌鲁木齐，一切都变了。当我第一次在酒店醒来，冷酷的现实终于摆在了我面前。我确信一切都失去了。

　　我知道，自己需要在搜索队的其他人面前装出一副勇敢的样子，所以当早餐后不久鲁新来接我时，我戴上墨镜，脸上挂着最灿烂的笑容，试图假装一切都很好。

— ❋ —

我们花了一上午的时间继续张贴寻狗启示，把寻狗启示贴在每一辆我们能看到的路边汽车的挡风玻璃上，一切都进行得有条不紊。通常情况下，如果我们一两个小时后再回来，便会发现所有的寻狗启示都被撕掉，堆在了垃圾桶里。

我们和那些街道环卫工人吵了几架。第一次发生这种事的时候，环卫工人不听鲁新的解释。然而第二次的时候，医生站出来了。这是另一个老同志，她也真的是全身心地投入到了吵架中。环卫工人从前几辆车上一边撕下寻狗启示，一边喊叫着，唾沫星子都从他嘴里喷了出来。这时候，医生站了出来，对着环卫工人同样大声地喊叫着。他们语速很快，我没有麻烦乐乐翻译，但我能看得出医生坚决不肯让步。

最后，她赢了。环卫工人狠狠地看了我一眼，举了举双手，然后离开了。医生的表现让我和其他人感到惊喜，我们都站在原地，当她转向我们时，我们都敬畏地盯着她。

那大概是一天中唯一美好的时刻。剩下的时间里，我努力不让思绪从脑海中盘旋而去，但这似乎不可能。只要看一眼远处的群山，我就会担心戈壁会不会是回到她熟悉的那种地形里去了。

到了下午，随着可能的目击消息传来，又让我紧张了一番。这次有人发来了一张照片，我很清楚，照片上的狗和戈壁一点也不像。我很想忽略这个线索，但是团队的其他成员都想去看看。在经历了昨天的失望之后，我很惊讶他们仍然如此积极。

当然，这只狗一点也不像戈壁，我尽快回到车里坐了下来，看起来一副很想前去的样子，虽然某种程度上确实是这样，但实际上我只是想休息一下。长时间的假笑快要了我的命。

当鲁新把我送回酒店时，已经是深夜了。我们已经把成千张寻狗启示张贴在了路边。这一天当中，和街道清洁工争吵过，向店主恳求过，看到无数的司机回到他们的车上时，甚至看都没看就把寻狗启示扔到了地上。早餐后我就没再吃过东西，而且还在倒时差，当我回到酒店时餐厅又已经下班了。

我点了一些客房服务，从迷你酒吧里拿了一杯饮料，然后给露西娅打电话。没有人接。我等了一会儿，又喝了一杯，然后又是一杯。

当露西娅给我回电话时，感觉就像浴缸的塞子被拔了出来一样，我的心头涌起了一阵悲伤。在一分钟甚至更长的时间里都说不出话来。我一直在哭泣。

当我终于喘过气来后，擦了擦脸，露西娅告诉了我一些消息。自从我离开爱丁堡后，她就一直在给Kiki发电子邮件，他们都认可我来乌鲁木齐，而现在需要尽我们所能让本地媒体报道这件事。那天她花了很长时间和媒体联系，在经历了很多沟通上的困难之后，她安排了其中一家媒体明天来采访我。

"这只是一个当地的电视节目，"她说，"虽然不是很有名，但这是一个开始。也许这次采访会像《每日镜报》的那篇文章一样，为我们开个好头。"

"希望如此吧，"我说。我们都清楚我的心思不在那上面。

"嘿，"她补充道，"有人在脸书上给你留言，你得确保这些寻狗启示不仅只有汉语版，还得有维语版。你已经这么做了，是不是？"

　　"没有，"我叹了口气，又喝了一杯，"露西娅，我觉得不可能找到戈壁了。如果她继续深入到这个城市里，这里到处都是车，以及可能把她撕成碎片的一大群流浪狗。如果她回到了山里，可能已经走了100公里，即使我们知道她往哪个方向走，也无迹可循。我们所做的只是分发寻狗启示，现在又发现没有一个当地人能读懂它们。整件事情甚至在没开始前就已经结束了。"

　　露西娅很理解我，她任我这么唠叨着，直到我说不出话来，她才又开始说话，"你知道我要说什么，是不是？"

　　我知道。但我还是想听她说。

　　"好好休息。明天早上一切都会不一样。"

　　这一次，露西娅错了。第二天早晨我醒来时并不乐观，搜索继续进行，但没有任何突破，只有惯常的寻狗启示和争吵，以及远方那些令人沮丧的山脉。

　　然而，有一点不同：搜索团队壮大了很多。除了鲁新、乐乐、理发师和医生，还有一大堆其他人。在后来的一次搜索中，我数了数，有50个人，其中20个人还选择在我睡觉的时候继续搜索。他们太了不起了，我再怎么感谢他们也不为过。

晚些时候在酒店做的电视采访很不错，这让我想起了筹款活动开始时大家对我们的高涨热情。自从戈壁失踪以来，我没有接受过任何采访，主要是出于我的决定。因为没有新消息，似乎接受采访也没有多大意义。

当地的电视台则不同。他们想知道为什么一个住在苏格兰的人会大老远跑到这个城市来寻狗，我想他们大概对这场由当地人领导的搜索很感兴趣。

不管电视台如何讲述这个故事，它都成功了。第二天，又有两名新志愿者加入了搜索，接着，有十几家中国电视台和报纸要求采访我们。就像《每日镜报》和英国广播公司的报道一样，第一次的中国电视采访走红，迅速引发了全国各地的连锁反应。一家电视台甚至派了一个摄制组跟随我们，在街上对搜索过程进行了两个小时的现场直播。

但也并非所有的关注都是积极的。鲁新接到了一个女人的电话，她说自己在幻象中看到了戈壁，它正在雪山中奔跑。我对此不予理会，但我能看得出来，有几个搜索者很感兴趣。

"告诉她，如果她擅长看到幻象，最好能看到更多细节，跟她说我们需要知道戈壁在这些山中的哪一座。"

我知道没人会听懂这个笑话。

— ✳ —

第二天，新的寻狗启示寄来了，上面用汉语和维吾尔语写着标语。人们对此仍不感兴趣，但至少媒体的兴趣在继续上升。

街上的人们开始向我走来，想要和我拍照。我不懂中文，他们也不懂英语，这意味着我们几乎说不了几句话，但他们似乎都听说过戈壁，并且想拿走几张寻狗启示。每次发生这种情况时，我都提醒自己，如果真的有作用，再发多少寻狗启示我都愿意。

随着中国媒体的出现，国际媒体又开始对此事产生兴趣。露西娅一直在家努力打电话。在街上搜寻了一天之后，我会回到酒店，与来自美国和英国的记者、制片人交谈。这意味着熬夜、睡眠不足，但总比坐在那里感到无力和沮丧要好得多。

自从我来到乌鲁木齐，我就和比赛组织者失去了联系。

没有电子邮件，没有电话，也没有他们以任何方式参与搜索的迹象。我们只能靠自己，这一点我很清楚。

多年来，很多人告诉我——考虑到我童年的不幸——他们惊讶于我没有自暴自弃。我告诉他们，虽然我的童年经历了一些艰辛，但它也给了我生存所需要的品质。所有的痛苦和遗憾给了我某种韧性，而跑步给了我很好的机会去利用它。疼痛、怀疑、恐惧，我发现自己很擅长在跑步时屏蔽这些，就好像我有一个开关，可以随意拨动一样。

我也会在工作中使用这个办法。当一切都失去的时候，我不会放弃，也不会接受消极的答案。小时候学到的那种坚强的品质在很多方面帮助了我，对此我很感激。但失去戈壁则不一样，这让我明白自己并不像想象中那么坚强。

她为了和我在一起所做的一切，让我不能忘记她。我无法按下开关继续前进，也无法阻止自己去做最坏的设想，或者日复一日地感受这巨大痛苦——我失去了她。

第十六章　重逢

在乌鲁木齐的第四天，几乎和其他日子一样。我早上六点起床，和搜索队的其他成员在一家改装过的集装箱咖啡馆里吃早饭。我们谈论的是戈壁失踪了多长时间：官方的说法是失踪了十天，但没有一个志愿者相信这一说法。他们都认为她失踪了至少二十天了。

和我们在一起的是一个新来的女孩，叫马兰。马兰告诉我，她前一天晚上在电视上见过我，被我的故事深深打动了，于是她联系了鲁新，问她能不能过来帮忙。她从一开始就证明了自己的价值，建议我们在附近的维吾尔社区分发维吾尔语版的寻狗启示。

这些地方的房子都是单层的，由松散的砖块和生锈的金属屋顶拼凑而成。我们在乌鲁木齐走过的每一条街道都宽阔干净，路边停满了车，但这个维吾尔社区的小巷狭窄蜿蜒，几乎没有汽车，很多山羊都被关在不比酒店卫生间大多少的地方。

唯一不同的是，那天下午鲁新把我留在酒店接受采访，她开车去机场接理查德了，理查德是我在戈壁比赛时同一个帐篷里的同伴。他住在香港，他的工作使他经常往返于中国各地。自比赛以来，我和他一直保持着联系，他一直是"带戈壁回家"筹款活动的慷慨支持者。当他发现自己会来乌鲁木齐出差时，就主动提出要来帮几天忙。

我很高兴能有个朋友来看我，而理查德那流利的普通话也是另一个好处。我也期待着能够跑步，自从抵达乌鲁木齐，我就和搜救小组的其他成员一样，像乌龟似的慢吞吞地走在街上。我试着让他们快一点，但是没有用。

理查德一从机场回来，我和他就去宾馆附近的公园里跑步。我一直盯着群山，看到灌木丛中有许多村庄，这些村庄将城市与群山隔开。我想让理查德帮我走几公里，并在那里的当地人中间分发一些寻狗启示。

理查德则另有安排。当时我并不知道，但露西娅已经和他联系过了，请他照顾我，因为她知道我的压力很大，吃得也不好。

跑完步后，我们和搜救队的成员们见了面。乐乐告诉我她接了几个电话，鲁新看上去很是焦虑。这并不是什么新鲜事。我们发的寻狗启示越多，接到的电话就越多。大多数情况下都是空欢喜一场，不过有时候也会有人问，如果他们把戈壁带回来，我们是否会增加奖励。他们都是浪费时间的人，几次之后，鲁新就不再跟我提起他们了。

但这个电话不一样。我看得出她在隐瞒什么，于是逼着她告诉我发生了什么事。

"只是有人做了坏事，"她说道。

我对这一说法并不满意，"告诉我。我想知道。"

"今天下午鲁新接了一个电话，说他要杀死戈壁。"

起初我不相信，这种电话让我感到恶心。如果这是个笑话，那就太卑鄙了。如果这是真的，我则感到恐惧。

　　我回到酒店的时候，已经平静了一些，但是那天晚上接受BBC的采访却是一场灾难。我对这次搜寻感到特别绝望和沮丧，尽管我知道保持乐观和积极的态度是多么重要，让大家清楚这不是一个绝望的事情，但我还是失败了。我疲惫不堪，忧心忡忡，不知道怎么样做才能找到戈壁。那不是我最好的接受访问的时间。

　　虽然我感到很沮丧，但我还是想做这个采访，因为两天前《赫芬顿邮报》上刊登了一篇文章，标题是《失踪的马拉松狗戈壁可能已被狗肉贩抓住》。鲁新告诉我，狗肉交易在我们所在的地区并不常见，尤其是考虑到那里居住着大量的维吾尔族人，他们不可能吃狗肉。

　　这篇文章不仅内容失准，而且毫无帮助。有一小群爱狗人士加入了我们的搜索之中，但我们需要当地及中国媒体来报道这个故事，并说服城市里更多的人去关注这只小狗。理查德和Kiki建议我保持积极的态度，在我接受采访的时候不要说任何沮丧的话。

　　事实是，当地的搜索小组做得很好。我想告诉BBC和国内所有的关心者，我在当地得到了多么惊人的支持。我想明确表示，我遇到的每一个人都是乐于助人、和蔼可亲、慷慨大方的。回到中国后，我不可能再要求搜救小组、中国媒体和Kiki做更多的事情了。即使我们无法找到戈壁，他们所付出的也是件了不起的事情。

这就是那天晚上我想告诉BBC的事情。可事实上，我已经准备结束这一切了。

与理查德喝了几杯啤酒，吃了一顿美餐，才使情况有所好转。我们谈论了一些与戈壁和搜寻无关的事情，理查德告诉我，他曾是一名美国海军陆战队员。对于这个，他不肯说太多，不过再次谈到戈壁的时候，他对她的遭遇有了一些有趣的推测。

"这些都不太说得通，"他说，"即使没有这个电话，在我看来还是有些问题。我觉得这和卢女士在美国或者她的公公不小心让她跑了出去并没有任何关系。我认为，戈壁的故事在网上疯传，募捐活动开始的时候，有人发现了一个赚钱的机会。这一切都是为了钱，这是一次勒索。电话还会再打来的。"

我不太确定。我有些不相信他，因为我无法想象有人会为了区区几百美元而做出这样的事情。还有一部分不相信他的原因是，我不想去相信。我无法忍受这样的想法。但理查德可能是对的，戈壁是否还活着取决于某个白痴是否认为他能从我们这里弄到足够的钱，使之物有所值。如果抓戈壁的人改变主意怎么办？如果他临阵退缩怎么办？他会小心翼翼地把她送回给卢女士，还是像对待其他失败的商业实验一样对待她，尽快把她处理掉？

我的手机传来鲁新的短信。

看看这张照片。戈壁？

图片的像素很差，但我仍然能够看出来这只狗不是戈壁。这只狗的头上有一道深深的伤疤，戈壁是没有伤疤的。

我迅速回复说，这不是戈壁，但理查德不太肯定。"你不觉得我们应该去看看吗？"他说。

我累了，想把他赶走。"伙计，我们已经见过差不多三十只狗了，过程都是一样的，花一个半小时才能到那里，看看狗，聊聊天，然后再回来。时间不早了，我们明天还得早起。"

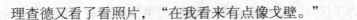
理查德又看了看照片，"在我看来有点像戈壁。"

三十分钟后，鲁新又发来了一条信息。这次的照片像素好一点，还附有寻狗启示上面戈壁的扫描像，也许她和理查德是有道理的。

我把电话递给理查德的时候，被他说服了。"我们得走了，"他说。

我们开车驶入院子的大门，停在一辆闪亮的雷克萨斯和几辆宝马之间。一大堆车的后视镜上都系着30厘米长的红丝带，这表明这些车还没有离开经销商很长时间。精心照料的花园和宽敞的公寓本身就代表着财富。这显然是乌鲁木齐的一部分，我从未见过的那部分。

我们跟着鲁新，我告诉理查德我们是在浪费时间。门开了，搜索小组里的每一个人都出现了，还有另外十个或更多我从未见过的陌生人，我不禁叹了口气。希望能尽快离开这里，回到床上，但这个愿望看起来无法实现了。

屋子里人群拥挤，充斥着噪音。一开始，我甚至不知道这个长得像戈壁的小狗在哪里，我往房间里挤得再深一点的时候，一群坐在后面的人退到了一边，一道沙棕色的光带穿过房间，跳到了我的膝盖上。

"是她！"我喊着，把她抱起来，一时间，我好像掉进了一个梦里。不久，她就开始发出那种兴奋、呜咽和狂吠的声音，跑步的时候，每当我和她分开一天重聚时，她都会发出这种声音。"这是戈壁！就是她！"

我坐在沙发上，仔细地看了一眼戈壁。她的头看起来不像我记得的那样了。上面有一道很大的伤疤，有我的手指那么宽，从她的右眼附近一直延伸到左耳后面。我知道她听不懂自己的名字，但无论我们在跑步或是在营地里的时候，我只要发出一点咔哒咔哒的声音，她就会马上回来。于是我把她放在地上，走到了房间的另一边，咔哒一声。

她飞快地跑到了我的身边，这就是她。我心里深信不疑，毫无疑问。

房间里的噪音太大了。人们呼喊着她的名字，但我想检查下戈壁，确保她没事。我找到一张沙发，又将她仔细看了一遍，我的手在她的背上和腿上来回地摸着。当我碰到她右后腿的时候，她退缩了，显然是因为疼痛。我知道她能活着是幸运的。这些日子的经历对她来说，是一次相当冒险的经历。

戈壁像刚出生的小狗一样钻到我的膝盖上，其他人都围过来拍照。我理解他们的激动，我非常感谢他们的帮助，但那一刻我真想一个人待一会儿，只有我和戈壁。

医生有点兴奋过度，她想和戈壁自拍一张。她把她抱了起来，但一定是碰到了她的伤处，戈壁发出了一声痛苦的尖叫，从她的怀里跳出来，回到了我的怀里。从那以后，我再也没有让任何人靠近戈壁。戈壁需要一些保护，即使是那些爱她的人。

一个小时后，歇斯底里的情绪才逐渐平静下来，整个故事也浮出了水面。房子的主人马先生解释了他是如何找到戈壁的，理查德进行了翻译。

那天晚上的早些时候，他和儿子在一家餐馆用餐。他的儿子一直在给他讲自己下午遇到了一个女孩，也就是搜救队的新成员马兰。她当时在张贴寻狗启示，并附上手写信息，恳求人们不要把寻狗启示扔掉，因为小狗不见了，还有一个从英国大老远赶来找她的男人，这真的很令人感动。马先生的儿子认为她是在做一件非常好的事情。

他们吃完饭回家的时候，看见一只小狗蜷缩在路边。

"这就是那只狗，爸爸，"他说，"我敢肯定，就是她。"他让父亲等了一会儿，自己往回跑了几条街，那里有张贴的寻狗启示。

遇到戈壁的地方离他们家不远，于是他们就带着戈壁回了家，然后按照寻狗启示上的联系方式打了电话，并给鲁新发了一张照片。鲁新将信息转发给我，我认为这不是同一只狗，于是马先生的儿子拍了一张像素更高的照片，并清楚地表明，这对眼睛与寻狗启示上面戈壁的眼睛是多么相似。他相信了，不过我不相信。

"那么我们接下来该怎么办？把她带回酒店吗？"

理查德翻译着。然后，他和鲁新都摇了摇头。

"他们不会让你进去的。城里没有一家酒店会允许狗进入的。"

"真的吗？"我感到很震惊，"那该怎么办呢？毕竟她经历了这么多？"

"他们说得对，"理查德说，"也许你可以试着和经理谈谈，看看他是否会让你带进去，但我对此表示怀疑。我住过很多酒店，从来没见过狗住在酒店里的。"

现在已经是晚上十一点多了。我太累了，无论是和朋友们，还是和酒店接待员，都没有力气去争辩了。

"我们应该请马先生今晚把她留在这里，"鲁新说，"然后你可以为她买些所需要的东西，比如项圈、食物、碗和床，然后明天再来接她。"

她说得有道理。我花了很长时间在想戈壁是不是失踪了，所以当我们终于找到她的时候，我从来没有想过下一步该怎么办。我完全没有准备好，一想到要和戈壁道别，回到酒店，我就感到很难过。但他们说的对，这是唯一明智的选择。

我看着蜷缩在沙发上的戈壁，就像她第一天晚上和我睡在帐篷里，睡在我旁边一样，她也同样在抽搐，同样在打鼾。

"对不起，姑娘，"我说，"作为你的父亲，我还有很多要学的地方，不是吗？"

回到酒店，我给露西娅打了个电话。"我们找到她了！"她一接电话，我就说道。我们俩都沉默了一会儿，我们都忙着哭呢。

第五部分

乌鲁木齐

第十七章　酒店

酒店经理是个怪人。

这家酒店是乌鲁木齐最好的酒店之一。经理让我们使用楼下的一间会议室，这样我们就可以进行采访了，这个故事将在全国的电视上播出。所以我相信如果我礼貌地问他，他会帮我们忙的。我想，如果有必要的话，他会违反一些规定，让戈壁住在酒店里。那家伙肯定明白这是个多么好的生意机会！

"不，"他说。

他的英语比我见过的大多数人都要好，但我试着重复说了一遍这个要求，这次慢了一点。

　　"这只狗能待在我的房间里吗？她非常小。这对你来说是很好的宣传。"

　　"不，"他又说了一遍。他完全明白我在要求什么，"我们从不让狗住在酒店里。"他停了一会儿，然后又开始说话，这次声音很低，"但我愿意帮忙。"

　　虽然这花了我几百美元，但是我知道，这对于保护戈壁来说是值得的。

　　"也许这只狗可以住在我们用来培训员工的房间里。"

　　这听起来不太理想，但我也没有太多其他的选择，"我能去看看吗？"

　　"当然，"他说，"这边请，莱纳德先生。"他没有带我往酒店里面走，而是带我走出了旋转大门，路过了几个酒店保安，穿过了一个拥挤的停车场，以及一道道门，这些门都没有上锁，它们在微风中摇摆，就像西部片中的酒吧门。

　　这还不是最糟糕的，房间本身才是一场灾难。

　　与其说它是一个训练室，还不如说是一个垃圾场。这个地方到处都是清洁瓶和破碎的家具。这扇门似乎根本关不上。经理看到我在看它，就尽力用肩膀把它合上，但底部仍然有一个戈壁大小的缺口，她可以很容易就爬出去。

"我不能把她放在这里，"我说，"她会跑掉的。"

"所以呢？"他说着，转身走回了停车场。

就像我说的那样，他就是个怪人。

理查德和我要做的第一件事就是在酒店停车场外的市场里买一些戈壁的必需品。这里没有什么可供挑选的，我们买了一个项圈，几个碗，以及一些食物。我们边走边想，如果酒店经理拒绝了我们，我们该怎么办。看来我们不得不采取B计划。

回到马先生的家里，戈壁和那天早上见到我的时候一样兴奋。我松了一口气，马先生显然把她照顾得很好。我和马先生聊得越多，就越发现他是个普通人，我也因此更加信任他。虽然理查德对这次搜救行动有些怀疑，但当我发现他是一个玉石商人的时候，就完全打消了疑虑，他显然不缺钱，也不存在勒索的可能。

我告诉马先生，我想在第二天晚上为搜救小组举行的特别晚宴上给他奖励。他同意一起过来，但坚持说不想要赏金。正当我、理查德、鲁新和戈壁要离开时，另一个男人走了进来。我不记得在哪里见过他，但他看上去很面熟。他个子比我矮，但看上去很强壮。比我强壮，这是肯定的。

"我是卢女士的丈夫，"他说着，笑着握了握我的手，但我觉得这是一种公事公办的笑。

我突然想起在哪儿见过他了——他是比赛中的一名司机。戈壁正趴在地上，他跪下来把她抱了起来。

"是的，"他说着，将她转了一圈，仿佛她是一个他正在考虑入手的古董花瓶一样，"这就是戈壁。"

他把她还给了我。"我们尽力帮你在保护她的安全，但她逃走了。你把她带回家的时候，她需要一个围栏。"

我克制住自己，没有冷嘲热讽地回答，只是微微一笑，看着他走过来和马先生的儿子说话。

"我们走吧，"理查德说。

我们要把戈壁带回酒店的计划很简单：把她放在一个袋子里，然后抱进去。问题就在于，酒店的安保很严格，这里甚至有一台X光机和一架金属探测器。

我要做的就是用装傻来转移大家的注意力。我有一个打开拉链的袋子，里面装满了寻狗启示和零食，我把它们扔在扫描仪附近的地上。我大吵大闹，一边在地上爬来爬去地把它们捡起来，一边不停地道歉。与此同时，戈壁静静地坐在一个有点像外套的粗斜纹棉布包里，理查德穿过金属探测器，希望他记得事先清空任何会触发警报的东西。

我回到房间，现在终于可以好好察看一下戈壁了。她头顶上的伤疤说明她受过重伤，我不知道这是被狗咬的还是人造成的。伤口很宽，但是已经结痂了，我认为我不需要太担心。

不过，她的臀部是个问题。前一天晚上医生笨拙地把她抱起来时，她显然很疼，即使我稍微按一下，她就抽搐着跑开。但当我把她放下来时，问题才最明显。她几乎承受不了任何重量。

我又一次陷入沉思，她到底经历了什么。

那天早上我和Kiki谈了接下来要做的事。我们知道卢女士还没有获得戈壁坐飞机所需的任何医学证书，所以首要任务是让她去看兽医。接下来就是等待手续的完成和旅行许可。

"得等多长时间？"我问道。

"可能一个星期，也可能一个月。"

我感觉昨日的沮丧又回来了。"你确定我们非得坐飞机吗？为什么不能开车？"

"开车要30个小时，没有一家酒店会让你带她进去。你真的想把她留在车里吗？"

我当然不想，于是只能把开车作为一个备选项。

"而且，"Kiki补充道，"我在一家航空公司有个熟人，她也许能神不知鬼不觉地让戈壁登上飞机。"

那天剩下的时间里，我做了我唯一能做的事，那就是照顾戈壁。我在她饿的时候喂她吃东西，当她无聊的时候让她和我的袜子摔跤，当她需要上厕所的时候偷偷把她带到地下停车场的电梯里。她简直是我梦寐以求的狗：她在房间里不吵闹，当我把她带出房间时，她也不介意回到袋子里。

很奇怪，这让我想起了自己十几岁的时候，和妈妈有一段关系融洽的宝贵时光。当时我病了，需要照顾，在那段时

间里，我们之间所有的毒瘤竟然完全消失了。

那时我13岁，躺在家里的地毯上，等待着十分期盼的电视剧上演。澳大利亚有一部肥皂剧叫《邻居》，剧中可爱的女孩和帅气的男孩就要结婚了。这是所有人都在谈论的话题——甚至比克里夫·杨赢得悉尼至墨尔本的比赛还要受人关注。我爱上了夏琳，那个可爱的女孩，当开场音乐响起的时候，我就坐在地毯靠前的位置。

"邻居，每个人都需要好邻居……"

就在斯科特和夏琳正要说"我愿意"时，我昏了过去。我只记得这些。

当我醒来时，已经在医院里了。我感觉糟透了，好像我内心的一切都被重新安排了。医生们用的都是我听不懂的话，好像天书一样。

我感到一阵恶心。在之后的几个小时里我感觉自己就像要爆炸了一样，然后我又睡着了，12个小时后才醒来。

我是癫痫发作了。妈妈不得不向我解释什么是癫痫病。

这种情况又发生了几次，每次发作之后，我都会有一两天感觉很糟糕。我不得不离开学校，去找专家看病，并不得不面对这样的情况：这个突然造访我生活的疾病可能随时会发作，让我的生活变得乱七八糟。

然后，在第一次发病后不到一年，我开始意识到，距离上次发病已经过去了几个月。跟医生的预约越来越少，生活也恢复了正常。

有趣的是，我几乎有点怀念癫痫发作的时候。不是发病本身，而是它能让时间倒转，给我一个曾经的妈妈。每一次的发病都使她变得温柔，那是一种我许久未感受过的温暖。

刺耳的话语消失了，她做了我最喜欢吃的饭，甚至拥抱了我。她曾失去盖里，看到我癫痫病发作，对她来说一定很痛苦，这也让我从她身上得到了爱和关心。那是一段宝贵的时光，妈妈终于又回来了。遗憾的是，这并没有持续多久。

所以我试着像妈妈照顾我一样照顾戈壁。我试着释放前几周的压力，享受和她在一起的时光。我们俩都累坏了，这起到了一些作用，那天我们一起睡了很长时间。

第二天早上，我遇到了一个问题。戈壁所需的食物都放在房间里，但我的早餐可不想吃狗饼干和肉罐头。戈壁还在睡觉，我决定溜出去，到一楼吃个简餐。

我尽可能悄无声息地把门关上，把"请勿打扰"的牌子挂在门把手上，蹑手蹑脚地沿着走廊走向电梯。当电梯门关上时，我确定没有听到狗叫声。

不到15分钟，我就回到我的楼层了。我大步走出电梯，经过一辆服务车，拐了个弯，立刻看到我房间的门敞开着。我跑进屋，床底下，壁橱里，窗帘后面，都没有戈壁的影子。

"戈壁！"我喊着，试图控制住自己声音里的恐慌。

我的大脑图像搜索了所有可能的场景。一定是酒店经理安排人把她带走的。我跑到正门，正要返回电梯时，发现我的浴室门关上了。我打开门，她就在那儿。戈壁坐在浴缸里，正好奇地歪着头，看女清洁工擦着洗手台。戈壁看了我一眼，好像在说："嘿，老爸，怎么了？"

清洁工似乎不太在意，一边继续工作一边说了几句话。我做了我能想到的唯一一件事，拿出钱包，递给她一张100元的钞票——大约15美元。我比划着说不要提戈壁的事。她点点头，把钱装进口袋，继续打扫。

也许她看到狗在那里并不惊讶，也许她认为获得小费是因为她把浴室打扫得特别干净。我不知道。她待了很长时间，把屋子里的一切都打扫干净了。

我不想待在房间外面，因为走廊的门是开着的，所以我待在浴室里，尽量不打扰清洁工的工作，让戈壁坐在我的腿上。每次她打扫浴室的另一部分时，戈壁和我就得找个新地方休息。

"谢谢，"每次我们换地方时，我都这么说。希望她能明白我的意思："再见，你现在可以走了。"

她没明白我的暗示。相反，她只是点点头，一边打扫一边让我和戈壁从浴缸边移到马桶边，然后从马桶边移到门后的角落。

戈壁认为这一切都很有趣。她兴致勃勃地坐着，尾巴在空中拍打着，眼睛在我和清洁工之间来回扫视着。

这一定是有史以来最奇怪的一幕，我想。

第十八章　一日三惊

　　我从床上拽下被子和靠垫挡住门，这样即使戈壁发出声响，走廊里也不会有人听到。不到万不得已，我不会再离开这个房间。

　　整个上午我都把时间用在了手机上。我给理查德发了信息，告诉他早晨清洁工的事情，又给鲁新发信息，让她帮忙找找其他的酒店。我还接受了保罗·德·苏扎的采访，他是加州的一位文学经纪人和电影制片人。他从自己的女儿那里听到我的故事，今天他正在帮我谈判一笔图书交易。我惊讶于有这么多出版商联系我，但保罗的智慧和对这个行业的了解在业内是首屈一指的。在这期间，我还通过Skype接受了美国和英国媒体的采访。

采访很有趣。从众筹活动一开始，我就知道人们会对这个故事感兴趣，因为它看起来似乎要走向一个幸福的结局。

每当我在戈壁失踪期间接受采访时，我都很挣扎，不知道该如何去回答新的问题——她是怎么失踪的？她可能在哪里？如果出现了最坏的情况，我会害怕吗？我乐观不下去了。我不觉得自己是在分享一个好的故事。更重要的是，我知道戈壁的失踪疑点重重，我确信有些地方不太对劲，尽管我不确定到底是谁把她带走的。但我没有在采访中透露这些。在没有掌握全部事实的情况下，冒然指责别人并不是明智的选择。

所以，在酒店房间里，当我和《华盛顿邮报》、哥伦比亚广播公司的记者交谈时，戈壁睡在我的腿上，一切终于又恢复了正常。我也可以放松下来，微笑着告诉他们，我终于能够回报戈壁的爱和决心，在苏格兰给她一个永远的家。

不到中午，戈壁就醒了，迫不及待地想要出去。我知道这种情况早晚会到来，当我打开门，四处张望，看看周围是否安全的那一刻，我仍然感到害怕。

幸运的是，当我们乘电梯到地下停车场时，电梯里只有我们。戈壁快步走到停车场出口的那片灌木丛前，我给她留了一些私人空间，然后开始环顾四周。

除了两名身穿深色西装的男子从电梯里出来，走向停在附近的一辆灰色轿车外，并没有其他人。

我很高兴地看到戈壁在便后小心翼翼地用土埋上，但当她弄完的时候，电梯门开了，一个男人走进了地下车库。这次是一个保安。

我又花了15美元才说服他让我们过去。我不知道这是否足以使他或客房清洁工闭上嘴巴。

两个小时后我知道答案了。

戈壁一听到敲门声就开始吠叫起来。我从门上的猫眼里看到门外站着两个人，我立刻认出了其中的一个——卢女士的丈夫。

我停顿了一下。该怎么办？我不能假装不在——戈壁已经弄出声响了——但他们是怎么找到我的？一定是酒店的某个工作人员告诉他们我在哪个房间，但是他们是怎么来到我所在的这层楼的呢？使用电梯是需要刷房门卡的。他们如此费力地找到我这里，想做什么呢？

我给理查德发了个信息：马上到我的房间来。

"你好，"我说，一边打开了门，一边努力挤出一丝笑容，让自己看起来很放松，而不是受到威胁。卢女士的丈夫面无表情地盯着我。他的朋友，一个同样令人生畏的家伙——我敢肯定，如果是在澳大利亚酒吧里的一场酒后冲突中，他一定会出手——正试图越过我往房间里看。

"我们能进去吗？"卢女士的丈夫问。

我知道自己别无选择，所以咕哝了一声"好吧"，从门口退了回来。

理查德在什么地方？我敢肯定这里很快会变得一团糟。

我关上身后的门，转过身来，看见他们站在戈壁旁边，低头看着她。她似乎并不太担心他们，但看到他们站在那里，我却吓坏了。他们是来接她回去的吗？为什么要过来？

我正要过去抱起戈壁，这时又有人敲门。我看到是理查德站在走廊里，便打开了门，同时也松了一口气。

"嘿，伙计，需要帮助吗？"

"嗯，是的，伙计，"我很不擅长这样虚张声势，而且我确信卢女士的丈夫和他那个朋友能看穿。但我不介意。理查德以前是海军陆战队员，有他在房间里让我觉得安全多了。"你不会是想来拿些寻狗启示带回家当纪念品的吧？"

我抱起戈壁，理查德站在门边，等着卢女士的丈夫开口说话。

与前一天我们在马先生家见到他时不同的是，他没有绕弯子讲客套话，而是滔滔不绝地说了一大堆话，大概的意思就是：

"不要说我们的坏话。"

我不想装傻，也完全明白他的意思。我也知道，如果事情变糟糕，对我们双方都没有好处。

"我现在只想把戈壁弄出去，然后回家。我不想知道她是怎么逃跑的，我也不想找人来承担这些责任。在我看来，这只是个意外，现在一切都好了。保持目前的这种状态符合我们所有人的利益，不是吗？"

卢女士的丈夫点了点头，便不再说什么了。

－ ＊ －

那天晚上，我又带着戈壁下到地下室，再去上了趟15美元的厕所。我看着她睡着了，然后踮着脚尖走出房间，静静地关上门。我把请勿打扰的牌子挂在了门上，希望几个小时后回来时，它还会在这里。

到了该去餐厅参加答谢晚宴的时候了，在两个小时的晚宴中，我感慨良多。我知道我有很多人要感谢，搜救队的工作人员比我想象的还要努力。他们在酷热的天气下工作了很长时间，走了一公里又一公里，张贴了成千上万的海报。他们被人骂，被人忽视，被人嘲笑，他们所做的一切都是为了一只素未谋面的狗。

他们的牺牲、忍耐和爱让我泪目，我很荣幸能够站起来，向他们敬酒，并告诉他们我对此是多么感激。

马先生和他的妻子、儿子也在这里。我把报酬交给了他，虽然他起初有些拒绝，并且有点困惑，但在我坚持了几次之后，他最终接受了。

那天晚上让我意识到，虽然我在乌鲁木齐待了将近一个星期，在中国待了差不多十天，但这是我第一次真正与中国人交往。我知道一概而论是不好的，许多西方人想当然地认为中国人都很严肃，不喜欢自发性的行为。可环顾餐厅四周，我发现这里全是我的中国朋友，他们在大笑、唱歌、自拍、闲聊，那种刻板印象的人我一个也没有找到。

医生笑得最起劲，马兰正在手舞足蹈，美发师像是已经完全变成了美洲狮，她尽了最大的努力——但失败了——去勾引理查德。我看见乐乐和鲁新正盯着他们看，我们都笑得更厉害了。

"我还记得我第一次听说戈壁，"鲁新说。

"是柯瑞思给你打电话的时候？"我问。

"不是，是在你比赛的时候。关于狗的新闻报道不多，所以每当有新闻报道时，我都会关注。那时我就知道戈壁很特别，但我从没想过能见到她。"

"鲁新，你做到的远不止是见到她。"我说，"没有你，我们就不会找到她。你是我们今晚庆祝的原因。"

她听到这番恭维话的时候脸红了，但我是认真的。

然后她抬起头，指着医生、理发师和其他人，"在戈壁之前，我们试图照顾流浪狗，但没有人听我们的。我们在战斗，但没有力量，也没有影响力。是戈壁改变了这一切。"

我真的不想离开，但是夜越长，我就越想念戈壁。希望她独自在酒店的房间里还好。最终，我还是被担心打败，回到了楼上。戈壁很好，我接受了《伦敦时报》的简短采访，然后便匆匆出门，去找第二天一早就要离开的理查德。

我知道让他加入搜索会很有帮助，但我并不知道自己会如此依赖他。在我最低潮的时候，他不仅帮助我坚持下去，还策划了让戈壁入住酒店的计划，当我以为戈壁有可能被带走时，他则是给了我一些让人心悦诚服的支持。

我天生有点孤僻——对于一个每周需要跑160公里以上的人来说，这是很自然的事情。但颇为讽刺的是，我一生中建立的最牢固的友谊，都是与在比赛中并肩作战的人建立起来的。我们每天都在赛场上独自经历地狱，但连接我们之间的纽带却非常牢固。

当我飞到乌鲁木齐时，我以为这次搜索会是又一次极限耐力赛。我必须对自己施加更大的压力，而且希望其他人也是如此。但在寻找戈壁的过程中，我也为自己找到了一些宝贵的经验。

我发现，作为一个团队而不是单打独斗，并不像我以前想象的那样糟糕。我发现别人的优点弥补了我的缺点，我不需要独自承担这一切。我真的可以依靠其他人，他们会接受。他们没有让我失望，我也没有让他们失望。

第十九章　兽医

在搜索的过程中，我接触过的每一家电台和电视台都希望在找回戈壁后能有一次后续采访。找回戈壁后的几天里，我通过电话或Skype接受了总共50次采访。我喜欢如此忙碌的状态，但是随着时间的流逝，我内心的恐惧与日俱增。

让我担心的不只是卢女士丈夫的来访和与客房清洁工的偶遇。接受《泰晤士报》采访之后，在酒店的酒吧里，理查德一直在和我分享他的阴谋论，整晚我的脑海里都是潜伏在暗处的阴险人物。

不可否认，理查德的逻辑是令人信服的。他认为戈壁从来没有失踪过，至少不像卢女士描述的那样。他说，当这个故事第一次传遍全世界时，有人会觉得可以通过这只狗赚钱。因为悬赏一直在增加，而且还可能得到更大的回报，所以他们一直抓着她不放。但我的到来改变了这一切。当地媒体开始关注此事，然后政府也开始关注，就连当地官员也加入了微信群。这之后，整件事情变得更加危险。

"这就是为什么鲁新接到那么多电话，说戈壁已经死了，或者如果赏金不增加，她就会被杀死。"

"等等，"我说，"这么多电话是什么意思？我以为只有一个电话。没有人告诉我他们要更多的钱。"

"是的，"理查德说，"有好几百个电话。我们这样做只是不想让你担心。"我不知道该说什么。我对他们的关心心存感激，如果自己当时知道了全部真相，不会有任何帮助，只会更加担心。但我不喜欢被排除在外的感觉。

我想把这一切都捋一捋，但理查德还没说完。

"你不觉得很奇怪吗，马先生的儿子扫描了那张照片，并通过对比发了出来？就好像他们完全相信这只狗就是戈壁。他们如此坚信那就是戈壁。"

"所以你认为是马家带走了她？"

"不是。他们只是接受了这个交易。想想吧，迪恩。如果你在做一些不好的事情，但想让别人相信一切都是合法的，你不会表现得很明显，不是吗？还有谁比谦逊、不具威胁性的马先生更适合这样一个角色呢？在一个兼具山脉和开放空间的城市里，戈壁为什么单单躲在周围都是最昂贵的封闭式社区附近的路上呢？她还不习惯上流社会的生活，不是吗？"

第二天上午，在接受采访的间隙，我给鲁新发了条短信，如果我和戈壁能找到别的地方住，那就再好不过了。除了一个人在酒店居住时感到脆弱之外，我也不能自由地带戈壁进出酒店，这意味着我也不能带她去看兽医。如果她的臀部真的出了问题，这么一直拖着似乎对她不公平。Kiki还在为把戈壁带到北京而努力，我越来越担心会有人试图绑架戈壁，以此要挟到一笔可观的报酬。此外，我在这里也无事可做，只有等待，等着她终于能和我回家的那一天。

那天下午，Kiki、柯瑞思和鲁新三人提出了一个计划。

Kiki的联系人说，她可以帮助戈壁获得飞行许可，只要兽医对她进行基本的医疗检查就可以。一旦做完检查，我们就能在四五天内到达北京。

鲁新找到了一套出租公寓，并向我保证，它既不靠近卢女士的房子，也不靠近马先生居住的小区。我不想冒任何风险。

第二天早上，我把戈壁带到地下车库，把她交给了鲁新——乌鲁木齐唯一一个我完全信任的人。然后我冲回酒店大堂，结账退房。

公寓的位置正如鲁新所描述的那样。我以前从未来过这边，我很高兴地看到这里属于闹市区，街道和商店都很繁忙，但也不至于太拥挤，这给我和戈壁提供了一些掩护。

公寓本身很干净，设施比较简陋，我松了一口气，跟鲁新说了声谢谢和再见，然后锁上了门。

戈壁在整个地方嗅了一阵之后，坐在了我面前，抬头看着我的眼睛，就像她在比赛的第二天早上所做的那样，好像在告诉我，她知道现在状况有些不同，但她觉得没关系。

"戈壁，这是我们的一次冒险，对吗？"

　　她回视了我一眼，飞快地嗅了嗅我的脚，小跑到沙发前，跳上来，转了几圈，然后蜷成了沙棕色的一团。

　　第二天，当我带戈壁去找乌鲁木齐大学的兽医教授时，戈壁的兴致并不高。Kiki能安排她去见这个城市里的头面人物，让我感到很兴奋。在整个事件中，我和戈壁第一次在回家的路上取得了真正的进展。

　　但戈壁有些不情愿。

　　从我们下车走进兽医办公室的那一刻起，戈壁就一直紧张不安。起初她缩在我后面；然后，当我们走进房间里，她便趴在地板上一动不动。

　　起初我一笑置之，但当兽医抱起她开始检查时，我便察觉到了异样。他就像我这辈子见过的所有兽医一样粗暴、冷漠。他对着戈壁又推又拉，好像一点也不喜欢狗。

　　他告诉我，戈壁的髋关节移位了，需要拍X光片来确认情况有多糟糕。

　　"把她抱下来，"他对两个助手说，同时把一台便携式机器推了过来。他们分别坐在桌子的两端，抓着她的前爪和后爪，然后开始拉扯。戈壁尖叫着，眼白都露了出来，耳朵紧贴在脑后。她很害怕，也很痛苦。我试着抗议，但兽医却不理我，继续照X光片。

一个小时后，我把戈壁抱回了公寓，她还在瑟瑟发抖。我对兽医很生气，尤其是当他给我看他拍的X光照片的时候。她一瘸一拐的原因很明显：她的左股骨紧贴着髋部时，她的右股骨却与髋臼呈一定的角度，就好像被巨大的力量弄得弯曲了一样。兽医没有费心解释造成这种状况的原因，只是告诉我戈壁需要进行手术来加以矫正。我没有问他关于手术的事情，他不可能再碰戈壁了。

戈壁睡了一会儿，然后又开始跑来跑去了。我想知道——这已经是我第一百次这样问自己了——我不在的时候她到底发生了什么事？是被车撞了，还是被人伤害了？只有她才知道答案。

很明显，她的恐惧已经消失了，她准备找点好玩的东西。看着她跳来跳去，同时小心不让右脚太过受力，我再一次感到惊讶。她一定很不舒服，但她没有抱怨，也没有让抱怨破坏她此时的兴致。

我决定奖励她，带她出去走走。

那是一个美丽的傍晚，她发现了一些很好的灌木丛，在那里嗅来嗅去。我也想探索一下这个地方，看看以后能在哪里吃饭，所以我抱着她向商店走去。

才走了不远，几个二十来岁的女孩就拦住了我。

"戈壁？"她们问道。

我告诉她们是的，让她们帮忙拍张照片。戈壁像个专业人士似的，盯着镜头。

再往前走一点儿，我们又停了下来，有人想和戈壁拍照。对此我并不介意，只要戈壁不感到紧张，我就不会阻拦人们对她表示关心。我们自由了，这种感觉真好。

第二十章　决择

　　几乎每一场比赛，都会有这样一个时刻，我会质疑自己为什么要参赛。这种质疑有时会发生在比赛刚开始时，我感到寒冷、疲惫，因为有人在帐篷里打鼾而让我无法入睡，情绪低落。有时候我的思绪会飘向七八个小时之外的终点线。

　　但每当我问自己，跑步是否真的值得忍受所有的不适、压力和恐惧时，总会有那么一刻让我知道答案是肯定的。有时候，只需要再跑几公里，我的身体就会适应跑步。其他时候，我尽量不去想这些问题，因为没什么帮助。有时候，我只需要吞下一片盐片就能让自己好很多。在任何情况下，解决方案都比问题要简单得多。

在离开乌鲁木齐的前一天晚上，我四处逛了逛，脸上洋溢着笑意。尽管几天前我还一个人也不认识，但现在我有了很多朋友。笑声越来越大，夜晚渐渐过去，我知道自己是多么感激他们，他们在恰当的时候用最简单的方式建立了我们之间的友谊。

我在公寓的第二个晚上就发生了一件事。我整个上午都和戈壁待在一起，希望门不会被撞开，不会有人冲进来抓我们。但戈壁不得不到楼下去上厕所，所以我们离开了公寓。我在她最喜欢的灌木丛旁边等着她，我看到人们在附近的一家餐馆里进进出出。外面有个家伙在搞烧烤，烧烤散发出的味道真是太棒了。因为我已经受够了在公寓里用塑料罐吃方便面，所以我决定先把戈壁带回去，把她安顿好，然后再下来吃顿快餐。

这是我做过的最棒的决定了。我在比赛的最后一天吃了新疆烤肉，但这次的味道更棒。女服务员用30厘米长的金属叉子端来了一大块味道鲜美的羊肉。我吃光羊肉，舔去手指上的油脂，坐了回去，叹了口气。这些天我瘦得像个耙子一样，但是我仍然像以前一样热爱食物。

我抬头一看，发现街上有几个人正在盯着我，笑得合不拢嘴。我微笑着挥了挥手，然后比划着自己吃饱了，他们都笑了。这是个非常有趣的时刻，不久他们就走进来，差不多有十来个人。他们都和我差不多大，或者比我小一点，他们向我做了自我介绍，还说了一些关于戈壁的事情，并邀请我和他们一起喝一杯，再吃点东西。

他们认识餐厅的工作人员，当我们试图用蹩脚的英语和手机上的翻译软件沟通时，他们给了我一些辣得要命的面条，并把一小杯清澈的液体放在我手里，邀请我和他们一起喝下去。不管那是什么，喝下去几秒钟的时间，我就失声了，接着又是一阵哄堂大笑。晚上我在出门的路上绊了一跤，晚饭吃得很好，酒喝得有点多，耳边还回荡着新朋友们的阵阵笑声。

第二天晚上是我在乌鲁木齐的最后一夜。Kiki创造了奇迹，安排我和戈壁第二天飞往北京。她甚至亲自飞到乌鲁木齐，以确保一切顺利。她知道这是件大事，也知道我们所面临的风险。把戈壁安顿好以后，我收拾好随身携带的东西，走回餐馆，希望能再次见到我的新朋友们。

又是一个美好的夜晚，烦心事早已烟消云散，我还没反应过来，桌子上就摆满了烤肉和面条，之后，最令人惊叹的事情出现了——铁塔烤肉，一个像铸铁灯罩框架样的东西摆到了桌子上，上面伸出了几厘米长的尖刺，覆盖着美味的羊肉。我们为一些我甚至不记得的事情大笑着，到了付账的时候，他们坚持要我把钱放回兜里。

"喝茶吗？"一个会说几句英语的人问道。

我更喜欢喝咖啡，但我在英国生活了将近二十年，这让我学会了在任何时候，只要有人问我喝不喝茶，我都会回答"喝"。并不是说我已经爱上了这种饮品，而是因为我知道，这个提议实际上是邀请我出去玩。

于是我回答了"喝"，跟着他们一起走出去，我们沿着马路走着，穿过一扇背对着街道的低矮木门。我以为要去他们其中一人的家，但一进到里面，我就知道这里根本不是家。它看起来更像是一个高端珠宝店，只是陈列柜里没有摆满戒指和项链，而是一些金属罐子，这些罐子有披萨饼那么大，深度则是它的四倍。

"我是卖茶的！"我的朋友说。然后，他把我领到一张几乎占满整个房间的红木桌子前，说："坐吧！"

我看着他坐在我对面的椅子上，桌子上摆着各式各样的土色茶壶和精致茶碗，一把木柄小刀，还有一套垫子。房间里一片寂静，每个人都看着他的手在工具上慢慢滑动，首先他打开了一个金属圆盘，然后从盘里撬出一块茶。他把水倒进碗里，然后像牌桌上的魔术师一样，精准而优雅地把水倒了进去。几分钟后，他给我倒了一杯淡琥珀色的茶，邀请我喝，我想我从来没有喝过这么美妙的茶。

他又倒了几杯茶，大家人手一杯，喝茶的时候几乎一点声音都没有。这既不尴尬也不奇怪，而是很特别。我从未经历过这样的事情。

渐渐地，人们又恢复了谈话和笑声。他们把手机递给我，让我看他们在公寓里庆祝自己生日时跳舞的片段。他们还给我看了一些照片，那是他们在公园里闲逛，打扮得漂漂亮亮的，准备在某个盛大的夜晚出去玩。他们很有趣，这让我想起了搜救小组的成员也知道如何让彼此开怀大笑。没有人想耍酷，也没有人想把其他人排挤在群体之外。

这种氛围与我十几岁时的经历完全相反。无论是茶，还是陪伴，抑或是这一事实，经过了这么长时间，我终于要让戈壁离家更近一步了，因为这一切，我感受到了一种深深的平和。

最终，还是到了该说再见的时候。我们在商店前互相拥抱，我拿着两袋他们送给我的精美茶叶，走回了自己的公寓。乘电梯时，我才发现他们又在餐馆付了账。他们从来没有让我给他们看看戈壁，尽管我给他们看了微信和一些关于戈壁的新闻报道，当时他们的眼睛都亮了起来。他们从没想过从我这里得到任何东西，他们只是传递友谊，没有任何的附加条件。

我在机场办理了登机手续，要和戈壁道别了，我有些紧张，但Kiki已经明确表示，她不可能和我一起坐在同一架航班里。"当心下面，"我隔着板条箱的栅栏说道。戈壁穿着我的一件旧T恤，还有一个靠垫，简直是个奢侈品。尽管如此，我看得出来，她知道一些奇怪的事情正在发生。

在几乎整整三个小时的飞行过程中，我都坐在机舱里担心着戈壁。我真的能相信她上了飞机吗？我经历了太多糟糕的事情，让我对这种可能性都感到很紧张。接着就是在机舱中的经历了。我知道她能应付寒冷——她在天山的表现证明了她是一条结实的小狗——但是她怎么忍受这些奇怪的声音呢？她最后一次被关起来就是和卢女士在一起的时候。如果她头上的伤疤和臀部的创伤是因为这个引起的话，那么她可能会因为再次被关起来而承受无比巨大的压力。

一下飞机，我就在行李传送带旁焦急地等待着。当装着她的板条箱终于转到我面前时，我突然有了一种如释重负的感觉，比我想象的要强烈很多。我只要看一眼戈壁，就知道她的旅途并不美妙：她咬断了皮带，打碎了水瓶，看上去就像和拳击手打了十回合一样。很明显，她在旅途中感到很害怕，看到她这个样子，我才意识到，对这只小狗来说，飞往英国的长途跋涉将会带来多么大的压力。

Kiki直接带我们去了她的狗舍，并在路上简要说明了她的计划。如果戈壁在Kiki的狗舍里待满30天，她就可以飞回英国，在那里她将被隔离90天。我不喜欢戈壁离开我这么久，但这是目前为止最好的选择了。我有一些工作要做，因此必须回到英国。Kiki答应给我发很多戈壁的照片和视频，让我随时了解她的最新情况。很显然，Kiki喜欢动物，她似乎很快就与戈壁建立了联系。这种感觉是相互的，我知道她们在一起的一个月里会有很多拥抱和亲吻。

即便如此，第二天早上和戈壁道别还是比我预想的要难得多。我们经历了这么多，我知道她是完全信任我的。我曾把她独自留在酒店或是公寓里，但从来没有超过几个小时。每次我回来，她总是热情地迎接我。但如果她发现我几分钟后不会回来时，她会怎么想呢？一个月后，我终于再次见到她的时候，我又会把她留在一个陌生的地方，那里到处都是其他的动物，那又会是什么样子呢？我担心这会比她头部和臀部的伤害还要严重。

我几乎一到公寓就没有再与记者和电视制片人交谈，但这并不意味着我不再与他人谈论戈壁的故事是如何有助于提高人们对照看流浪狗的认识。保罗·德·苏扎除了帮助我们找到了一个伟大的出版商合作之外，还向我们介绍了杰伊·克莱默，他是世界上一些最伟大的作家的代理律师。杰伊很清楚自己在做什么，他在帮助我们考虑其他途径来分享戈壁的故事。

　　杰伊和我交谈了大约一个星期。那天晚上晚些时候他打来了电话，我以为他是想告诉我他最近与合伙人的沟通进展。相反，他收到了一些意想不到又令人生厌的消息。

　　"你在为某个网站制定计划吗？"

　　"不，"我说。我曾含糊其辞地考虑过这件事，但却什么也没有做。"为什么？""有人刚刚注册了至少两个与戈壁有关的域名，还注册了商标。"

　　当杰伊说出那个人名字的时候，我大吃一惊，我发现自己认识他。我立刻感到厌恶与恶心。我在尽全力处理这些新消息，我想问："为什么？"

　　"不管是谁干的，都是想赚钱。他们知道戈壁被找到了，她要回家了，所以这个故事的影响力会变得更大。"

　　"但从来没有人关心过戈壁。没有人拥有她。"

　　"还没有，他们还没有。"

　　这感觉就像一场可怕的噩梦，我的恐惧越来越深。我以为我们已经把所有的危险都留在乌鲁木齐了，但戈壁还处于危险之中吗？如果有人在网上称戈壁是自己的，那么是不是就能顺理成章地接走戈壁？如果他们接走了戈壁，他们就能掌控整个故事。

这就是卢女士的丈夫到我酒店房间里来的原因吗？他是要把戈壁带回去，但看到理查德走进房间的时候却打了退堂鼓？

这些思绪一直回荡在我的脑海中，就像被蚊子咬了一口一样。我和杰伊打完电话后，便一直在想这些问题，我对这些关注得越多，恐惧就变得越强烈、越痛苦。

在整个回家的旅途中，我都在想着同样的问题。我脑海中闪过了戈壁从Kiki的狗窝里被偷走的画面。可能发生的阴谋论给我留下了深深的阴影，于是我不顾一切地想让自己什么都不要去想。

除此之外，我还在考虑工作的事情。

我已经快两周没有工作了，我担心自己在挑战公司慷慨的极限。自始至终，公司都很支持我，没有任何催我回国的压力，但我知道，我的同事们正在加班加点地工作，以弥补我不在时缺失的工作量。我不想滥用他们的善意，也不想占他们的便宜。

但我同时也知道，我得做出决定了。

　　我可以坚持原计划，在接下来的29天里把戈壁留给Kiki照顾，同时等着她的狂犬病血检结果出来。我可以继续我的工作，回去和露西娅共度美好时光，等待戈壁飞回英国，在那里她将在一个安全的狗舍中被隔离四个月。如果我们愿意的话，还可以去看望她，但专家并不建议这样做，因为这对狗来说是一种创伤。因此，戈壁将不得不在英国独自度过检疫期。

　　还有另一个选择。戈壁可以等到29天的狂犬病警报解除后，再在北京过上90天的正常生活，而不是被关在英国的机构里隔离120天。通过正确的测试和手续，她就可以飞回英国，根本不用踏足隔离犬舍。

　　我知道我可以信任Kiki。从我们第一次互发电子邮件开始，她一直表现得很棒。但是，让她独自承担这么长时间照看一只狗的重担，这样公平吗？我能确定每一个来狗舍的人都是善意的吗？Kiki真的能在保持警惕的同时还处理好各种事情吗？

　　离开戈壁让我感到很内疚，我知道，如果她再次走失的话，我会无法承受的。我被推到了忍耐力的极限。如果一定要我再去找她一次的话，我怀疑自己是否有足够的力量撑过去。我只想让这些问题消失，让威胁停止，与露西娅一起把戈壁带回家。

　　所以我很清楚我要做什么。在飞回英国的航班上，经过几个小时的思考，我想出了一个计划，这是唯一行得通的解决方案。

　　问题是，我完全不知道该怎么向露西娅或我的老板解释，他们会认为我完全疯了。

第六部分
北　京

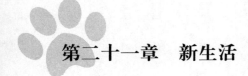

第二十一章　新生活

　　和露西娅告别很难。我才刚回家一个星期，就再次买了一张机票，用时12个小时回到中国。这些年来，我为了工作经常旅行，但这次不一样。这次我要离开四个月。

　　我想过了，一切都行得通。我需要回到北京和戈壁在一起度过最初的29天，直到她的狂犬病结果出来。在那之后，我还要继续在这里停留3个月，这样我和戈壁就可以一起生活了。在希思罗机场外单独隔离4个月根本无法让我接受，我不能再让她孤独地待着了，120天的"刑期"会让她变成另一个模样。

　　像露西娅一样，我的老板也完全理解并支持我。我一从北京回来，就打电话告诉他我很担心戈壁，尽管我们最终找到了她。我表示自己不得不回到中国，和戈壁一起度过隔离期。我提出辞呈，但老板拒绝了。相反，他用最短的时间批准了我为期6个月的休假。这让我离开英国时可以全身心地照顾戈壁，一旦尘埃落定，我还有一份工作可以做。在我为其工作的11年里，从未见过其他人为了这样的事情休假，他的善良让我震惊。

　　有人说养育一个孩子需要策全家之力，我认为拯救一只狗几乎需要半个地球之力。至少，对戈壁来说是这样的。在乌鲁木齐，成千上万的支持者在网上给搜索队捐款，他们在大街上四处奔走，彻夜未眠。我的同事替我顶班，老板也给我放了那么长的假。Kiki和她的团队已经做了比我要求的多得多的事情，还有露西娅——她的身边还有一群关心她、支持她的朋友，他们陪着她度过了这一切。为了所有这些提供帮助的人，我必须尽我所能。

　　我期待着回到北京，和戈壁再次相见。我知道Kiki会把戈壁照顾得很好，但是内心深处还是觉得任何事都有可能发生。有时，我收到的每一条脸书信息似乎都在警告我，不要相信任何人，不要让戈壁离开我的视线。

Kiki在机场迎接我。我刚爬上面包车的后座，就被戈壁亲了个满脸。戈壁在我身上爬来爬去，她的尾巴以每小时一百万公里的速度移动着，就像我们在马先生家团聚的那天晚上一样。戈壁的喜悦是有感染力的，面包车里很快就充满了泪水和笑声。

当她终于平静下来，我可以说话的时候，我把她抱在臂弯里说："我想这就是我们开始新生活的地方了。"她回望着我，那双大眼睛紧紧地盯着我。我的理智告诉我，她听不懂我在说什么，但我的心却不这么认为。这只小狗完全明白我的意思。我相信，她在用她自己的方式告诉我，不管下一阶段的冒险是什么，她都会全力以赴。

Kiki为我们找到了第一晚过夜的地方，但第二天是时候为戈壁和我找到一个合适的家了。离她获准进入英国的严格要求还有四个月的时间，我想确保我们能找到一个让她感到舒适和安全的家。

所以，就像几个刚搬到新城市的大学毕业生一样，我们开始到处找房子。

第一个地方的房东是一个宠物主人，也是Kiki的客户之一。这名男子暂时举家搬到墨西哥，并慷慨地提出让我们在北京期间免费住宿。

这是一个漂亮的家，位于一个有门禁的社区里。有高档汽车沿着古朴的街道行驶，停在修剪得整整齐齐的草坪前。主人和他的两只狗热情地欢迎我们，我很高兴地看到戈壁小跑过来，友好地嗅了嗅两只拉布拉多犬，跟着它们绕着狗窝玩乐。

"让我带你看看房子的其他部分，"房东一边说，一边跨过楼梯底部的一道低矮的木栅栏。

我本能地抱起戈壁。

"哦，"他说，"狗不可以上楼。它们得待在这里。"

哦，天哪，我想。"好吧。"我说着，把戈壁放回了栅栏的另一边。

我还没迈出第二步，戈壁就呜咽起来。当我爬到一半的时候，她已经挤过了栅栏，来到我身边。我把她抱起来，跟着那个男人走进一个干净整洁的大厅，那里看起来就像是为拍摄《时尚》杂志而准备的。

戈壁拼命想下来，她的尾巴疯狂地抖动着。"我认为这行不通，"我说，"你的地方真漂亮。如果我们留在这里，它将以眼泪告终。"

房东冲我笑了笑，"我想你说的对。"

从我第一次见到戈壁到现在只有两个月的时间，虽然我们在乌鲁木齐比赛的那一周只在一起待了几天，但我们之间的感情非常深厚。现在我们第二次团聚了，她似乎下定决心不让我离开她的视线。

接下来要看的公寓和之前的房子完全不一样：这里很小，有点破旧，几乎没有家具。这很完美。

这间公寓在11楼，我特别喜欢这点。尽管我怀疑过戈壁是否真的是从卢女士家逃出来的，但我不想冒任何风险。毕竟，戈壁只花了几秒钟就突破了挡住拉布拉多犬的狗栏。在这里，即使她真的从公寓里出来了，肯定也进不去电梯。

Kiki的伙计们带我们去了当地的沃尔玛超市，还有物美超市，然后我们带着接下来四个月的必需品回到了公寓：床单、一台烤面包机、一把马桶刷，还有一大袋狗粮。

　　我向这些善良的人道别，并在他们身后把门关上。我盯着戈壁看了会儿，她也像平时一样盯着我看。

　　"就这样了，"我说，"只有你和我。"我很兴奋，但也有些气馁。我对中国有足够的了解，知道自己会很无助，我能认出的汉字不超过四个，会读的一个也没有。

　　看起来戈壁的目光像是更加深沉了。她把脑袋扭向一边，小跑着回到房间，跳上了沙发，然后蜷成一团，重重地叹了两口气，然后闭上了眼睛。

　　"很好，"我说，坐在了她旁边，"如果你没有压力，我想我也就没有了。"

　　在接下来的几天里，我对戈壁有了更深入的了解。在比赛场以及乌鲁木齐相处的时间里，我知道她喜欢和我睡在一起，把我当作枕头。但在北京，她对亲昵和接触的喜好提升到了另一个层次。

　　第二天早上，我一走出淋浴间，她就跑过来舔我的脚和小腿，好像它们被熏肉覆盖着似的。我只是笑了笑，由她去舔。这与我第一次在沙漠中见到她时有了很大的变化，那时我还在尽量避免碰到她。尽管我还没有任何医学证据证明她没有患狂犬病，但她已经迷倒了我的心，让我无法抗拒。

当我全身都干了之后，我们出去转了转。公寓楼下有几家商店，800米外还有一家大型购物中心。那是一个美丽的夏日，天气也没有任何污染，我想沿着附近的运河散散步，喝杯像样的咖啡。

散步很容易。然而，要喝咖啡是不可能的。

我在遇到的第一家星巴克里排队。

我慢吞吞地走到柜台前，正要点餐，服务员看着我怀里的戈壁，指着门。

"狗不许进来！"

"哦，没事的，"我说，"我要外带。"

"不行。把狗放在外面。"她朝我摆手，好像要从手腕上弹掉什么不舒服的东西。

我离开了，继续往前走。我不可能把戈壁拴在外面。

下一家咖啡馆和再下一家咖啡馆几乎是相同的反应，我们停了下来，坐在外面的凳子上。就像在比赛时那样，我用手喂给戈壁一些水，这时一个家伙走了出来，叫我们离开。

"只是水！"我说，有点生气了。

"不行！"他喊道，"不能这样。走开。"

我们走回了家，有点沮丧。在某种程度上，我似乎理解了流浪狗的感受。被当作弃儿对待不是什么有趣的事情，像刚刚那样被评判和拒绝是痛苦的。

如果戈壁为此烦恼，她也没有表现出来。事实上，她似乎比以往任何时候都快乐。她高昂着头，我们走路的时候她的眼睛在闪闪发亮。从任何方面都不可能看出来几周前她还是一只流浪狗，她头顶上深深的伤疤正在慢慢愈合。她也总是小心翼翼地抬起右腿，避免给它增加压力，这清楚地表明我们需要加快她的手术进度。

然而，在这之前，我还需要处理另一项任务，一个更紧急的问题。我需要把戈壁的所有权注册到我名下。中国的法律规定，每一位养狗人在公共场所遛狗时都必须携带犬证。我听说，如果被发现我没有带犬证，戈壁就会被带走。

Kiki帮我做了一些文书工作，当我把犬证塞进钱包时，我感到肩上背负的压力减轻了很多。现在我不仅合法拥有了戈壁，而且我也有了另一种方式来阻止其他试图占有戈壁的人。

— ✳ —

　　我和戈壁在一起的时间越久，就越了解她。对她了解得越多，就越对她感兴趣。

　　每次我们走过人行道边上的垃圾堆时，她都会拽着我，把我拖到路边，好让她捡食物吃。这让我猜测，她在乌鲁木齐街头流浪的日子可能并不是她唯一一段流浪经历，我经常看见她吞掉外卖包装纸里的残羹剩饭，不知道她的生活中到底有多少秘密。

　　尽管她是街头小吃的鉴赏家，但在乌鲁木齐，她已经向我展示了她可以很轻松地适应更复杂的生活方式。我想并不是所有的狗都适合住在公寓里，但是戈壁很不一样。从许多方面看，她似乎从未像现在这样快乐过，她蜷缩在我身旁，我们一起在沙发上消磨时光，她目不转睛地盯着我的眼睛。我和她在一起的时候，她从不吠叫，也不乱咬我们仅有的几件小家具。有几次，在我们出去让她大小便之前，她没有坚持住，很明显，她也为此感到内疚。

　　第一次是在我们搬进来不久。那天早上我决定在公寓里喝杯咖啡，但我没有正确理解戈壁的意思。我以为她转圈、嗅门，只是因为她听到旁边公寓里有只狗在叫。

直到有一分钟她消失在浴室里，然后又出现了，低着头，侧着身子朝我走来，我才知道出了什么事。她耷拉着耳朵，低着头，一副羞愧难当的样子。

我去浴室看了看，发现地板上有一小滩狗尿。可怜的小家伙。我不停地向她道歉，一打扫干净，我就把她带到了楼下她最喜欢的"厕所"，就在楼门附近的灌木丛里。

戈壁唯一不喜欢的事情就是独自留在公寓里。我尽量不离开她，但有时也别无选择。比如我需要去健身房的跑步机上跑步时，或者如果我们没有食物了，我需要去超市时，她就只能独自待在家里。几乎每次我们一起出去的时候，都至少被人认出一两次，然后要求和我们合影。戈壁的故事在中国很受欢迎，但当我走进超市或星巴克的时候，我仍然需要将她拴在门外，我不愿意冒这个险。

把她独自扔在家很困难。我试着以最快的速度溜出门，但常常不得不轻轻地阻止她跟着我。我总是一遍又一遍地检查门锁上了没有，当我离开的时候，总是能听到她发出的呜咽声，就像她在过河时发出的声音一样。那种痛苦的、尖锐的呜咽声每次都会刺穿我的身体。

离开她是一件痛苦的事，但无论何时我回来，她都像我们在马先生家团聚的那晚一样欣喜若狂。她总是转来转去，不停地跑着叫着，带着纯粹的肾上腺素激增的兴奋。最后，等她终于平静下来，让我把她抱起来时，一种深深的平静感又降临到她身上，就像那次过河时一样。今天仍然如此，只要她在我怀里，我就相信戈壁在这个世界上不再有任何牵挂。

被一个生命如此信任是一件充满力量的事情，尤其是当你知道他们也可以选择随时离开的时候。但是戈壁从来没有表现出任何想离开的迹象，她只想陪在我身边。

每天早上醒来时，我都会发现她在盯着我看，她的头离我很近，我能感觉到她的气息吹在我的脸颊上。大多数时候，如果我不尽快开始和她玩，她就会舔我的脸。这是狗狗表达爱的一种方式。当然，我并不觉得这有多好玩，所以便很快从床上爬了起来。

我们会很快下楼，这样她就可以解决大小便，但我一直很清楚戈壁最想做的就是回到公寓，好好地和我拥抱一下。

对我来说，接受他人的爱和奉献是一件很特别的事。能够关心她，给予她所需要的关注和关爱，这触动了我内心深处的一些东西。

爱，奉献，关注，感情。我一直觉得，从自己十岁起，这些东西便从我的生活中消失了。整整十年过去，我才遇到露西娅，才开始觉得所有美好的东西又开始涌入我的生活。

戈壁给我的人生带来了一次机会，让我有机会去对待一个幼小而脆弱的生命，就像在我的生活失去控制时，我希望被对待的那样。戈壁需要我。尽管我仍然不确定自己是否能恰当地表达这些感受，但我知道，拯救她已经治愈了内心深处我没发现的那些伤口。

但这并不代表一切都很完美。例如，电视就很糟糕。

我希望至少有一个基本的频道范围。偶尔能听听BBC或福克斯新闻，但没有机会。我能看的只有两个频道：一个是中文新闻频道，长达一小时循环播放前一天的事件摘要；另一个是电影频道，偶尔会有一些带中文字幕的好莱坞电影。当我发现这个频道时，开始是满怀希望的，但结果等来的往往是一个个从未在西方国家银幕上出现的、只有二流演员参演的电影。那段时间我看了一些非常糟糕的电影，最后这些电影开始折磨我的大脑，我终于选择了放弃。

我和戈壁试着花更多的时间到户外去。运河边上约1.6公里长的人行道一直是一个散步的好地方，特别是当建筑工人在休息的时候。他们聚集在路边摊旁，对我们不理不睬，旁边摊贩的生意做得很好。我和戈壁很快了解到，所有摊位中生意最好的是卖煎饼的摊位——我称之为北京卷饼。一个薄煎饼，里面有一个摊熟的鸡蛋，一堆压碎的薄脆，美味的香料和辣椒。戈壁和我怎么都吃不够。

我们还在不同的咖啡店里碰运气，但几乎都被赶了出来。

谢天谢地，终于找到了一家星巴克，他们很乐意打破规矩，让我们坐在外面。最棒的是，那是一家独立的小咖啡馆，不仅允许我们进去，当我把戈壁放在座位上，喂她一点糕点时，咖啡店员甚至都对此不理不睬。

对于一个不允许狗乘坐出租车或公共汽车的城市来说，这是一项了不起的成绩，我们也尽力确保在整个逗留期间不违反这些法规。直到最近，政府才通过了一项允许导盲犬乘坐公共交通工具的法律。

虽然一起了解新生活很有趣，但还有一些事情一直困扰着我——戈壁的臀部受伤了。她尽力去隐瞒这件事，并且学会了如何不给患处施加太大压力来减轻疼痛。但如果我抱她的时候不小心碰到了，或者把她抱在我的左边而非右边时，她就会发出痛苦的呜咽声。

此外，她头上的伤没有像我或者Kiki希望的那样好起来。所以在这里住了一个星期后，我带给了戈壁一个坏消息。

"今天没有咖啡喝了，小家伙。我们要去看兽医。"

第二十二章　疗伤

　　我无法忍受这种噪音。我站在走廊里，试图远离戈壁被痛苦和恐惧攫住的呜咽声，但没有用。那些尖叫和哭声是我一生中听到的最可怕的声音。

　　以前好像在哪里读到过一篇文章，上面说为了防止狗狗把深深的痛苦和恐惧与它们的主人联系起来，所以在注射疫苗时，主人最好不要与它们同处一室。即使不知道这些，我也不可能站在她身边。

　　麻醉剂开始起作用了，她终于安静下来，一个护士来找我。

"她很好。你想进来看看吗？"

多亏了Kiki，戈壁即将在北京最好的兽医医院接受手术。多亏了中国媒体，这里所有的护士和医生都听说过戈壁的故事。这（加上Kiki说了些好话）意味着有经验丰富的外科团队来治疗她，Kiki和我都被允许在进行消毒、穿上蓝大褂的情况下进入手术室。

医生经过多次扫描和大量的检查，证实了我在乌鲁木齐进行的推测——戈壁的疼痛和奇怪的跳跃方式是因为她的右臀部受了伤。可并不清楚到底是被车撞了，还是被人伤了，但肯定是她在乌鲁木齐流浪的时候受的伤。

治疗方案是进行股骨头固定手术，这是一种髋关节手术，将股骨顶部移除，但不用任何东西替换，而是让身体自行愈合，并利用疤痕组织改造关节。

医生们向我保证了十多次，这是一个很平常的手术，会取得良好的效果。我对医疗团队充满了信心，但当我站在那里，看着他们即将开始长达一小时的手术时，我仍然感到非常紧张。

噪音又一次让我抓狂，尽管戈壁被注射了很多麻醉剂，无法发出声音。我看着她躺在那里，舌头像一只旧袜子一样耷拉着，嘴上戴着面罩，呼吸平稳，护士们把她右臀部的毛都刮掉了。

这次，真正让我心烦的是那些监测心率和氧气水平的机器发出的声音。自从盖里死后，我一直讨厌在电视上听到这类机器的声音，它们让我想起那天晚上我站在妹妹的房间里，听医护人员试图抢救爸爸的场景。每当我听到持续不断的哔哔声，都会问自己同样的问题：如果当时我能早点起床，是不是就能救下他？

医生们开始交谈，他们微微提高了声音。Kiki轻拍着我的肩膀，她一定是感觉到我的担心，于是轻声告诉我，医生们正在决定给她服用多少药物来预防心脏病发作，同时又不至于太过火。

"我希望他们知道自己在做什么。"我感到身体有些不舒服。

最后，当房间安静下来，他们开始手术时，我告诉Kiki自己必须离开。"手术一结束就来找我，"我说，"我不能在这里待下去了。"

这一个小时感觉更像是一个月，但当手术终于结束时，主治医生向我保证，手术进行得很顺利，戈壁很快就会康复。在康复室里，我坐在她旁边，看着她逐渐醒来。

有那么一刻，她望向了我，一切都和每天早上一样，她的大眼睛紧紧地盯着我。但过了一秒钟，她一定又疼起来了，因为她又开始呜咽了。我看着她的表情，听着她的声音，很明显，她很痛苦，但我也无能为力。

不到一天的时间，戈壁又恢复了精神。手术部位明显还很疼，我知道她的臀部需要几周的时间才能完全愈合，但当我把她带回公寓时，她又恢复了那个摇着尾巴舔着脸的老样子。

另一方面，我感到有些不安。我不确定是因为看到了戈壁痛苦的样子，还是对盖里之死的回忆而感到不安，但我可以肯定的是，在接下来的日子里，我仍然需要担心戈壁的安全。

刚到北京的时候，我对认识戈壁的人的数量如此之多感到有些紧张。在她康复期间，我们在公寓里待的时间越来越长，我也变得越来越偏执。如果我在楼下大厅里等电梯，而有人和我一同乘坐——尤其是非本地人——我一定要在10楼或12楼下电梯，然后走楼梯到11楼，一边走一边回头看。我知道这很愚蠢，我也知道如果真的有人想要夺走戈壁，我的这些业余间谍行为远远不足以保护我俩的安全。但是我出于本能对陌生人的怀疑实在是太强烈了，自己根本无法控制。

更糟糕的是，我所处的这层楼的其他公寓也是短期出租的，这意味着会不断有人员流动，所以我时时都在防备着这些住户。

有一天，当我和Kiki讲述了我的恐惧之后，她告诉我："没有关系，要走出去过正常的生活。"

正常的生活？我都不知道这意味着什么。四个月前，我每周工作60个小时，每周有三个晚上不工作，晚上九点或十点参加训练，而正常人这个时间都应该在看电视。我把时间都用在工作和训练上，并试着在爱丁堡的家里和露西娅一起生活。现在我正在长期休假，住在千里之外，几乎不怎么跑步，努力保护一只小狗的安全，而她似乎是世界上最著名的小狗。正常生活注定与我无缘。

　　除了担心戈壁被抓走，我还想减少每次我们外出时戈壁被拍照的次数。大多数人都很友好，我也喜欢戈壁可以让人们感到开心，但对某些人来说，她只是一个可爱的拍照背景而已。

　　戈壁理应得到更好的待遇。

　　我在北京待了一个月，狂犬病检查结果出来了。

　　在我们等待的29天里，我的直觉告诉我戈壁会没事的。检查很全面，我们可以进入下一个阶段，等待90天后的第二轮检查。虽然我相信这一点，但是我的内心却开始怀疑，如果戈壁真的得了狂犬病怎么办？如果不能把戈壁带回英国，我们会搬到中国和她一起生活吗？

　　结果如我们所料，戈壁没有狂犬病。我松了一口气，和露西娅一起欢呼，通过我们不断发展的社交媒体账号与全世界分享了这个消息。这种反应使我热泪盈眶。

　　这么多的陌生人在这个故事中付出了太多了，当读到戈壁是如何影响人们的生活的时候，我仍然会感到十分惊讶。例如，一位患有癌症的女士告诉我，她每天都会查看我们脸书、推特和照片墙，看看我和戈壁在做些什么。"我从一开始就关注你了，"她告诉我。

我喜欢这个故事不仅仅因为它是关于我和戈壁回家的故事。不管人们是失业了，还是患了抑郁症，亦或是正在经历婚姻危机，这只小狗都给很多人带来了欢笑。

最后，跑步帮助我减轻了恐惧。戈壁手术后不久，我在乌鲁木齐认识的一个人就邀请我去另一个戈壁沙漠参加比赛。主办方在甘肃省召集了50名世界上最优秀的96公里赛跑专业人士。这不是我通常跑步的距离——至少不是一天的距离——但不知怎的，我感觉自己信心十足。

但现在，甘肃赛会的组织者提供免费住宿和往返爱丁堡的机票，以换取我参加本次比赛，并与记者见面，帮助他们提高公关水平。很多人要求采访和拍照，因为他们都有兴趣了解戈壁的最新情况。一想到可以用这张机票飞回去再次见到露西娅，我就无法拒绝了。

就在比赛的前四天，我从比赛组织者那里得到了更好的消息。他们还有几个空位，而且愿意花钱让其他可能想参加比赛的优秀运动员坐飞机过来。我立刻给露西娅打了电话。让她大老远来到中国，在这么短的时间内跑这么远的距离，这是一个疯狂的想法。尤其是在六周前，她刚刚完成了一场横跨荷兰、为期五天、长达482.8公里的残酷比赛。但是，作为一名世界级的跑步者，露西娅在2016年的撒哈拉沙漠马拉松比赛中名列第13位，她是一位热爱冒险的坚强女性。她马上就答应了。48小时后，她坐上了一架飞向东方的飞机。

我有点担心戈壁，但是Kiki答应过会好好照顾她，我可以信任她的。而且，我有一种感觉，我觉得戈壁不介意在那里的康复池和梳妆室里好好休息几天。

我一知道露西娅要来，就全力以赴了。跑步在我们的关系中扮演了如此特殊的角色，而比赛当天恰好赶上我们结婚十一周年纪念日。我想不出更好的方式来庆祝我们在一起。

我最喜欢的就是和露西娅一起跑步，那是我们一起参加的第一次撒哈拉沙漠马拉松。就像大多数极限跑步者一样，在漫长的赛程的最后阶段会获得终结者奖牌。我对自己的表现感到惊讶，当漫长的比赛接近尾声时，我知道自己距离前100名的排位只差一名了。对于1500名跑步者中的一个新手来说，这个成绩还不算太糟。

我跑上终点线前的最后一道山脊，看到前面的人群在为选手们加油助威。就在离终点几百米远的地方，露西娅出现了。那天她比我出发得早，我没想到会在比赛途中见到她。但她就在那里，回头看向我，用手遮挡着直射眼睛的阳光。

"你在这儿干什么？"当我终于追上她时，我问道，"我还以为你一小时前就跑到终点了呢。"

"我本来可以的，"她说，"但我想和你一起跨越终点线，所以我在等你。"

我们手拉着手跨越了终点线。她本可以排名更高，但她选择了等我。

— ✳ —

我今天跑步的时候还想起了这件事。

回到沙漠的感觉真好，能在没有交通拥堵和污染的情况下跑步真好，最重要的是，能见到露西娅真好！我们已经分开将近六个星期了，我每分钟都想和她一起度过。

我们围着大约48公里的路绕了两圈。那是一个炎热的日子，气温达到43度。当我们完成第一圈的时候，看到医疗帐篷已经准备就绪。还有一群人认输了，放弃了比赛。他们开始跑的时候速度太快，用力过猛，在这种气候条件下向前猛冲，很难坚持跑完第二圈。我已经放弃了超过我训练部分的跑步，虽然从来不是因为炎热的原因。对我来说，是苏格兰的泥土、大风和雨水让我不得不回到车上。

我们跑了前48公里，比我原计划的速度慢了一点，但我想在14小时截止时间之前，我们还有8个小时的时间可以跑完剩下的赛程。

当我们开始跑第二圈的时候，露西娅有些吃不消了。

"你跑吧，迪恩。我没劲儿了，"她说。

露西娅和我已经跑了很多比赛，知道什么时候该认输，什么时候该坚持到底。我久久地看着她。她累了，但她还在奋斗着。现在还不是认输的时候。

"我们能做到的，"我说，"我有一个电视摄制组在跟着我，组织者真的很照顾我们了，这是我们欠他们的。我会帮你的。跟着我就行了。"

她做得很好，一直坚持着。我们继续往前跑，从一个标记牌跑到另一个标记牌，边跑边数着距离。

还剩29公里的时候，沙尘暴来了，情况变得更糟。能见度下降到不足30米，越来越难看到标记牌。我回想起那漫长的一天比赛结束时的沙尘暴，当时汤米差点死掉。此时我不用分心照顾戈壁，但要保护露西娅。我们周围没有任何比赛志愿者。

露西娅没有放弃。风暴解除了，但风依然很大。大风吹掉了我的帽子，沙子刺痛了我们的眼睛。到处都是碎片。我们小心翼翼地前行，只有看清下一个标记牌时才会继续前进，虽然我们没跑多远，但是我们仍然继续前进着。露西娅试着用凝胶来给自己补充能量，但每次她准备这么做的时候，又把凝胶直接塞了回去。

当我们到达下一个检查站时，那里一片混乱，所有的东西都被风吹走了，看起来像是被炮弹击中了一样。虽然我们跑得比以往任何时候都慢，但是我们还是继续前进。我觉得很奇怪，没有人超过我们。我尽全力去鼓励露西娅，让她忍着痛苦继续前进。

我们又经过了一个几乎被摧毁的检查站，知道还有12.9公里的赛程要跑，于是继续跑了下去。

这时天已经黑了，一辆汽车开着前灯驶近我们，整个天空都亮了起来。"你们在干什么呢？"司机问道。

"我们在赛跑，"我说道。我太累了，不想开玩笑了。

"但是由于沙尘暴，很多人已经被疏散了。"

"检查站的人没有告诉我们。我们只剩下几公里了，我们现在不能停下来。"

"那好吧，"他说，然后开车离开了。

最后的几公里是我所见过露西娅跑的最艰难的路。一路上充满了眼泪、喊叫、剧烈的疼痛，但最重要的是，她穿越终点的决心是不可动摇的。

我握着她的手，一起穿过了终点线。

"结婚周年纪念日快乐，"我说，"我真为你骄傲。"

我们只能在北京待一个晚上，之后露西娅就不得不飞回家上班了。Kiki在机场外迎接我们，而戈壁在面包车的后座上十分兴奋，像一股飓风。然而这一次，她舔的不只是我。戈壁似乎立刻就知道露西娅很特别，于是给了她完整的欢迎回家体验。

整个晚上都是这样。回到公寓后不久，我就睡着了，但露西娅根本没睡，因为戈壁觉得需要更长的时间来维系感情。当我醒来的时候，她们已经形影不离了。

比赛过后，我做了一些重要的决定。

首先，我决定在北京剩下的时间里拒绝所有的访谈请求。一些记者在比赛期间联系了我，告诉我他们需要一张戈壁的照片，问我是否可以在我不在家的时候去Kiki家看她。他们甚至直接联系了Kiki，当然，Kiki无一例外地拒绝了。我不喜欢这样，因为我一直努力保密我们的位置。

和露西娅在一起的日子让我开始想到，戈壁和我最终回到家的时候，我们的生活会是什么样子。肯定会有一两个星期受到媒体的关注，但我希望能够尽快恢复正常生活——不管新常态会是什么样子。所以我决定不再接受任何采访，戈壁和我该神秘一点儿了。

我做的第二个决定是关于跑步方面的。

这96公里的路程对我来说简直是小菜一碟。我查看了其他选手的成绩，发现我本可以进入前十名——考虑到精英选手中有个来自肯尼亚的职业马拉松选手——这个成绩还算不错。几个星期后，我和即将到来的百里竞赛——高黎贡山超马的组织者进行了一次交谈。我们谈到我为他们做一些新闻工作，作为竞赛邀请的一部分。我以前从来没有跑过160.9公里，所以我没有报名参加比赛。但现在我决心完成它，并向比赛组织者、超跑传奇人物克里斯·科斯特曼证明，我具备参加他所组织的另一场比赛的条件：217公里的恶水超级马拉松。

如果撒哈拉沙漠马拉松是世界上最艰难的极限比赛，那么恶水超级马拉松无疑是最艰难的单阶段比赛。参赛者要在加州死亡谷的赛道上跑217公里。当地气温高达54度，这是极端残酷的环境。你不能停下来睡觉，必须带上自己的后援团队。

如果我打算参加一次单阶段比赛的话，这个比赛无疑会是最艰难的。

第二十三章　承诺

　　那天，我们瑟瑟发抖，试图裹好衣服，抵御那吹过破旧的公寓窗户的凛冽寒风。而接下来的一天，戈壁和我都无法入睡，我们拼命呼吸着新鲜空气，闷热的气息简直快让我们窒息了。

　　11月15日是北京开始供暖的日子，也是我们最艰难时期的开始。

　　暖气一开，随之而来的就是污染。和每个待在北京的人一样，我学会了监测空气质量，并根据这个来调整自己的行程安排。如果空气指数低于100，我就会毫不担心地带戈壁出去。如果空气指数超过200，我就会散步一小会儿，从公寓楼的一楼走到我最喜欢的日本餐馆，这段15米的路程足以让我的眼睛感到刺痛。

我听说当你在室外的时候，如果空气质量是在100到200之间，那么这就像每天吸一包烟一样。空气质量是200的话，就相当于吸了两包烟，300的话就是吸三包烟，超过这些的话就像吸了一整箱烟。

燃煤发电厂喷出浓烟的时候，天空中也充满了有毒的污染物，即使室内的温度高达21度，你也不敢打开公寓的窗户。

这一切都使那种感觉更加强烈了，放佛我们的自由被剥夺了。我们不能出去散步，也不能出去喝咖啡，什么都不能做。我们觉得好像与世隔绝了。

这种变化对戈壁也是不利的。我们在公寓里待了几天后，我看得出她生病了。

她不吃东西，几乎什么也不喝，就只是躺在地上，脸上带着我所见过的最悲伤的表情。我唯一能让她站起来走动的办法就是把她带到走廊里，扔一个网球让她追，然后再捡回来。如果我们在运河边玩的话，她可能会玩上几个小时，但在公寓楼里，安全灯总是不停地自动关闭，让我们陷入黑暗之中，在这里她玩半个小时就会感到厌倦。

有一天，我带着戈壁去了地下停车场。我知道它白天通常是空的，所以会有足够的空间让她跑去追球，就像以前那样。

电梯门一打开，戈壁就像一棵百年老橡树一样，一动不动。

"真的吗？"我说，"你确定不去了吗？"

她凝视着前方的黑暗，不敢往前走。

吃完寿司回家的那天晚上，她没有起床迎接我，我们有麻烦了。

第二天，兽医仔细检查了她的情况，诊断出她患有犬窝咳。治疗方法是一个疗程的药物治疗，以及一个星期都必须待在公寓里。

由于露西娅要到圣诞节才会来北京，没有媒体工作要做，也没有办法出去，日子就一天天地过去了。我每天会把网球拿到走廊里两次；每天晚上，我都会匆匆赶到日本餐馆。公寓热得就像一个火炉，但我不敢打开窗户。不管我前一天晚上喝了三杯啤酒还是一点也没喝，每天早上醒来我都会觉得昏昏欲睡。

就在我开始滑入黑暗的时候，戈壁康复了。她康复的时机恰到好处。我醒来看到她盯着我看，习惯性地舔了舔我，我的一天就这样开始了。当戈壁只属于我一个人的时候，我又怎么会感到沮丧呢？

她每天都信心满满。一旦她从犬窝咳中恢复过来，她以前的模样就又重新回来了，即使在她出去大小便的时候也会昂首阔步。她的脚步很轻，眼睛很明亮，我喜欢看到她那自信的模样。

戈壁又一次帮我度过了难关。我想知道她是如何让自己承受这么多的，从在沙漠跑步到在乌鲁木齐街头流浪，只是为了能找到一个永远的家，和那些爱她、关心她的人永远在一起。如果她能挺过去，我也能。

在那些漫长的日子里，我有很多时间去思考，也有很多事情去考虑。

我想过回家，想过怎么回家，除了澳大利亚之外，我不会支持任何的体育国家，虽然我带着澳大利亚国旗参赛，但是现在，英国是我的家。我在这里住了十五年，我生活中的许多美好事物都在这里蓬勃发展。我的跑步，我的事业，我的婚姻，所有这些都是在英国开始的。我想不出还有什么地方了，我宁愿带着戈壁回到英国。

我还想到了我的爸爸。在我20岁出头时，我的亲生父亲与我取得了联系，走进了我的生活。事情错综复杂，我们不可能维持长久的关系。

尽管我从未有过像我的许多朋友所拥有的那种父子经历，但有一件事我很感激他。他出生在英国伯明翰，当他还是个孩子的时候，就举家移民到了澳大利亚。我爸爸没有给我任何钱，也没有在我最需要钱的时候给我任何支持。但当我长大成人，准备离家千里之外重新开始时，他的国籍意味着我有资格获得英国护照。

我也想到了妈妈。大约在我爸爸重新出现在我的生活中的同一时间，妈妈病倒了。她在我和露西娅见面的前一天给我打电话。这实在是让我有些惊讶，因为我们只在几年前的圣诞节通过一次话。

　　当她告诉我她被诊断出患有乳腺癌时，我惊呆了。我看着她接受治疗，看着她一步步走向死亡，我们之间的距离被拉得更近了。她想做得更好，这正是我们发誓要做的。我们从那时起就建立了联系。我们慢慢前行，又成为了朋友。

　　在我等待露西娅来京的日子里，我一直在公寓里住着，数着日子。我也想到了为什么找到戈壁对我来说如此重要。这并不难理解。

　　这都是因为一个承诺。

　　我发誓要把她带回来，不管付出什么代价。找到她，保护她的安全，让她有机会飞回家，这表明我遵守了我的诺言。在经历了所有的起起落落之后，我终于能够带她回家了。当我还是个孩子的时候，我的生活开始走下坡路，但现在我可以给她我渴望已久的安全感。

　　那一天，戈壁站在我身边，从我的黄色鳄鱼商标上抬起头来，盯着我的眼睛，她的眼神是我从未见过的。她从一开始就信任我，她甚至把自己的生命交给了我。让一个完全陌生的人对你这样做，即使它是一只四条腿的流浪狗，也是一件非常难得的事情。

　　戈壁也救赎了我吗？我不认为我曾经迷失了自我，但我确信戈壁已经改变了我。我变得更有耐心，也有勇气面对过去的恶魔。她给我的生活增添了美好的东西，从我和露西娅相遇开始，一直到我开始跑步后，仍在继续。在很多方面，通过找到戈壁，我也找到了更多的自我。

　　离圣诞节还有几天的时候，我站在机场，看着露西娅走进到达大厅，我忍不住哭了。就像那天她在撒哈拉沙漠马拉松赛上等我一样：最漫长、最艰难、最折磨人的挑战已经过去了。我们做到了，很快我们就要回家了。

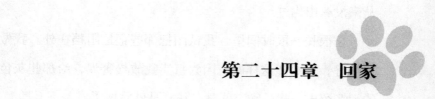

第二十四章　回家

有时候，如果我闭上眼睛，集中足够的精力，仍然能记得那些人们告知我终会失败的时刻。我能想象我的初中校长和我握手时的情景，他脸上挂着虚假的微笑，低声说终有一天会在监狱中见到我。

我能看到无数的体育教练、老师，还有那些我以为是我朋友的人的父母，他们都用不赞成或失望的眼神看着我，告诉我，我浪费了自己所有的天赋，我一事无成，只会造成不良影响。

我记得妈妈在她最悲伤和沮丧的时刻，告诉我她希望我

从来没有出生过。

在很长一段时间里，我试图把那些记忆阻挡在外。我做得很好，也需要这样做，因为每当我放松警惕，给那些灰色的记忆留出一些活动空间时，我立马就后悔了。

就像我第一次参加超级马拉松一样。我从一开始就很紧张，但随着时间的推移，我开始怀疑自己。

我是谁？有何本领能和这些清楚自己在做什么的参赛者同场竞技？

我当时是怎么想的，几乎不接受任何训练就跑42公里？

我真的傻到以为我能完成这场比赛吗？

随着这些声音在我心里越发洪亮，答案也逐渐浮现。

你什么都不是。

你一点都不中用。

你根本不可能完成。

在离终点还差6公里的地方，我证明了那些声音是正确的。我放弃了。

那次比赛的几周后，我将要参加一个超级马拉松比赛，那是一场217公里的长跑，露西娅在我给她买的作为生日礼物的书中发现了它。在我第一次放弃参加超级马拉松比赛后的几天里，我内心的怀疑之声越来越大。当朋友们问我是否真的认为自己能跑这么远时，我几乎失掉信心了，因为我根本没有跑过比48公里更远的距离。

我觉得我是谁，能做这件事？

我什么都不是。

我一点都不中用。

我永远不会成功。

但在而立之年，我不愿放弃参加这次比赛的机会。我希望我能说，我有足够的天赋和刻苦的训练，正如我一直最喜欢的电影《洛基》一样。

但我没有。

我只是决定尽我最大的努力去忽略那些说我是个失败者的声音。

每当那些恶毒的低语在我心里响起时，我选择告诉自己一个更好的故事：

我能行。

我不是失败者。

我要向大家证明，他们错了。

我们离开北京的航班是在新年起飞的。我花了一整天的时间打扫公寓，带着戈壁散步，和那些几乎每天在日本餐馆供应泡菜火锅、寿司、沙拉和友情的家伙们道别。他们甚至给了我一瓶我渴望已久的秘制沙拉酱。

那天晚上，我们在公寓里等Kiki来接我们。戈壁知道有什么事要发生，她在空荡荡的公寓里跑来跑去，我从来没有见过她这么紧张过。当我们最后一次走出公寓大楼时，戈壁冲向Kiki的车，好像它是培根做的一样。

我相对比较平静。

我坐在车里看着街灯向后移动，想着我们在北京度过的四个月零四天，使这里成为一个我们人生中的重要地方。

我们经过酒店的健身房，我曾在那里努力训练。我回想起那些没有互联网的日子，我在跑步机上跑一个小时就放弃了。我发现整件事除了沮丧，绝无其他。它标志着我的生活发生了多么大的变化，我能够如此轻易地放手。

那里有一个领养小铺，柯瑞思在那里工作。如果没有他，没有他对鲁新关于如何寻找戈壁的建议，没有他对我如何更好地融入中国的指导，我就永远不会找到她。没有柯瑞思，谁知道她现在会在哪里？

　　我想到了我在北京遇到的所有人，也想到了乌鲁木齐的那些人。我很难把这么多伟大的人抛在身后，尤其是我在中国的这段时间彻底改变了我对这个国家和人民的看法。

　　说实话，当我来到中国参加戈壁比赛时，我对中国人的看法有点老套。我认为他们封闭、严肃、粗鲁、冷漠。在从乌鲁木齐到比赛开始的第一次旅程中，我只在人们身上看到我所期望看到的。难怪我不太喜欢这个地方。

　　但围绕戈壁所发生的一切完全改变了我的看法。现在我知道中国人是可爱、真诚、好客的。一旦他们让你走进他们的内心和家庭，他们就会变得非常慷慨，而且永远都是那么的善良。有一个之前从未见过面的家庭在我逗留期间还借给了我一辆价值1000美元的电动车。他们没有要求任何回报，甚至都没要求与戈壁合影。

　　乌鲁木齐也是如此。这里的人是我见过的最友好、最慷慨、最善良的人。我很高兴能认识他们，而且不久我还会回来。

　　还有Kiki。当别人都拒绝我的时候，只有她同意帮助我们。她来乌鲁木齐是为了确保戈壁安然无恙，我们在北京的整整四个月，她都处于紧张状态，觉得不仅要为戈壁的安全负责，还要为我的幸福负责。我一天24小时不间断地给她打电话，问她各种各样的问题（比如怎么付电费？戈壁不舒服，该怎么办？哪里可以买到防尘口罩？）她从来没有因为太忙或太累而拒绝我，当我问她是否可以在我离开的时候带戈壁几天时，她也从来没有抱怨过。她甚至每隔几个小时就会给我发一段视频，让我随时了解到她的员工是如何溺爱戈壁的。

　　Kiki也让她的员工为我提供帮助。她的司机接送我们，给我们送生活物资，处理文件，还有其他的事情。

　　他们为我做的远比我要求的多得多。

　　我们把车停在机场外面，把行李卸下来，让戈壁最后上了一次厕所，然后把她放进了特殊的宠物舱里。

　　英国法律禁止狗进入任何航班的机舱，无论是在国内航班还是国际航班。我们飞离乌鲁木齐时，戈壁遭受了巨大的精神创伤，这意味着这次回家的漫长旅程也将不会轻松。

我们要花费10个小时飞到巴黎，再用5小时乘车到阿姆斯特丹，以及12小时的夜间轮渡到英格兰北部的纽卡斯尔，最后是两个半小时的车程回到爱丁堡。如果再加上等待的时间，整个过程将花费41个小时。

　　我们特意为商务舱付了额外的钱，以确保戈壁在机舱里感到舒适，并且能够坐在我旁边。我走到柜台前，立刻就被人注意到了，感觉很好。我把护照递给柜台前的女士，然后退了退，回想着戈壁的生活发生了多大的变化。六个月前，她还住在戈壁沙漠的边缘，绝望到要和一个陌生人一起跑三次马拉松才能活下来。而现在，她要乘商务舱去全世界最时髦的城市巴黎。

　　Kiki和值机员越来越大声的谈话把我从白日梦中拉了出来。在中国的这段时间里，我渐渐明白，如果谈话音量提高，就意味着会有麻烦。我闭上了眼睛，听着Kiki遇到的问题越来越大。

　　"怎么了，Kiki？"

　　"你订了戈壁的机票吗？"

　　周围的空气仿佛突然凝固了。

"我没有订机票，"我说，"我还以为是你订的呢。"

Kiki摇了摇头。"这应该是露西娅负责的。"

Kiki转向了值机员，继续和她的谈话。我给露西娅打了个电话。

"你订了戈壁的机票吗？"

"没有，"她说，"不是Kiki负责的吗？"

很明显，她们之间有误会。她俩都忙着在这个世界的两端组织这么多事情，以至于忽略了这个小细节。我确信这应该不是什么大问题。也许现在订有点贵，但这是最简单的办法。

"Kiki，"我说着，拍了拍她的肩膀，"问他们现在订要花多少钱，我们支付就是了。"

她摇了摇头说："订不了。现在没办法把戈壁再加进系统里，这已经不可能了。"

我闭上眼睛，试着稳定自己的呼吸。稳住，稳住。保持冷静，迪恩。保持冷静。

另一位工作人员走过来加入了谈话，音量又提高了两层。这时Kiki正滔滔不绝地说着，不断指着我和戈壁。我只能站在那里，惊慌失措，一言不发。

允许戈壁进入英国的所有文件都是为这次旅行量身定制的。这意味着，如果我们在1月2日午夜之前没有到达纽卡斯尔，一切都得重新来过，我必须再次带戈壁去看医生，并让另外一名兽医签字。往好了说，也不过是多花一两天的时间。往坏了说，可能还需要一周的时间。

又一位官员加入进来，当他过来之后，气氛发生了变化。他们的音量降低了，那个人听着Kiki说话。

这位主管说了几句话后，Kiki转向了我。"戈壁没有预订这趟航班，"她说。我知道接下来会发生什么，我们得把她订到下一班飞机上，但那要多花一笔钱。

"去那边的柜台，"Kiki指着旁边的法航柜台说，"付200美元，他说他们会把戈壁带上飞机的。"

我惊呆了，"这班飞机？"

"是的。"

我没浪费任何时间，迅速在另一个柜台付了钱，然后回来拿我的登机牌。

"我告诉他们戈壁是一只很有名的狗，"Kiki说，"他们知道这个故事，想为它做些什么。"

当我把护照和登机牌放回口袋里时，看到的全是工作人员们微笑着在和戈壁自拍。

— ✳ —

我在护照检查处和Kiki道别，然后穿过安检，一路喘着气。

"等一下，"当我开始穿鞋时，一位女士说，"你跟他走。"

我抬头一看，一个表情严肃的男人正从扫描仪旁边盯着我看。我抓住戈壁——她仍然待在提包里——还有我的行李，跟着他走过一条狭窄的走廊。他带我走进了一个没有窗户的房间，里面只有一张桌子、两把椅子和一个装满没收的打火机和水瓶的大箱子。

保持冷静，迪恩。保持冷静。

那人盯着我的护照和登机牌，开始在电脑前打字。

几分钟过去了，他仍然没有开口说话。我不知道是不是自己做了什么或说了什么，会不会给我带来麻烦。我的签证没有过期，而且距离上次面签已经有好几个星期了。难道是因为露西娅准备的让戈壁在飞机上保持镇静的药片有问题?

依然在打字,依然是沉默。然后,他突然说话了,"我们需要检查狗。"

我的心一沉。我就知道200美元的价格太便宜了,根本无法解决问题。现在Kiki肯定已经走了,尽管我有一个文件袋的兽医证明,包括戈壁的最新疫苗证明,她通过了90天的评估要求,在此期间可以将她带进英国,但我也绝对没有机会向任何人解释这些。没有Kiki,我就只能任由他人摆布了。

那人停止了打字,拿起电话,说了一会儿。

"你再等一下,"他挂了电话,回到键盘前说道。

戈壁还在包里,我把包放在腿上。透过网孔,我看见她正抬头看着我。我想告诉她一切都会好起来的,想把她抱出来,让她都安心,但我不想冒这个险。

所以我继续等待着。那是我一生中最漫长的一分钟。

电话响了。我听见了一半的对话,但听不懂他在说什么,也不知道结果会怎样。

"好了,"他最后说,"狗可以登机了。你可以走了。"

"去哪里？"我问。

"登机。"

我匆匆穿过走廊，经过扫描仪，最终上了飞机。我找了个地方，把戈壁抱出来给她喝点水。我听到旁边的一些法国人在倒数计时，然后欢呼起来。我看了看表。现在正是午夜。我生命中最不平凡的一年过去了。下一次冒险就要开始了。

"听着戈壁，"我对她说，"你听到了吗？这意味着我们做得非常好！我们做到了，马上就要离开这里。这将是一段漫长的旅程，但相信我，这一切都是值得的。等我们到了爱丁堡，你就会知道，生活将会无比精彩。"

法航确保我旁边的座位是空的，所以即使戈壁待在提包里，我们依然能舒服一些。飞机起飞时，她有点不安，但当我把包放在我腿上时，她又平静了下来。

我看着飞机上的地图，一直等到我们飞过戈壁沙漠，看到乌鲁木齐一晃而过，想到这个我一年前从未听说过的城市现在对我来说变得如此重要，我的脸上露出了笑容。

机舱里的灯光变暗了，周围的乘客都睡着了。我把座椅后背调低了些，悄悄地把戈壁从包里拿了出来。开始时她有点不安，但一蜷在我的臂弯里，就沉沉地睡去了。

我闭上眼睛，回想起这漫长而又忙碌的一天。我又感觉到热了，气温如此之高，几乎要把我的肺烤焦了。我仿佛看见汤米挣扎着站起来，想起了他拼命寻找阴凉的情景。我还记得，尽管我虚弱、恶心、担心自己活不下去，但我知道，如果我活下来了，我会尽自己所能确保和戈壁共度余生。

人们经常问我为什么如此喜欢在大热天跑步。答案很简单：当我在炽热的阳光下跑步时，我感到最自由。

自从盖里死后，我就开始运动，希望这能帮助我从家中的困境里得到慰藉。我会花上几个小时在户外打板球或曲棍球。当我在外面的时候，时间仿佛停止了，我跑得越快，越是逼迫自己，呼吸就变得越沉重；心跳得越响，我内心的悲伤就越平静。

也许你觉得我在炎热的天气里跑步是一种逃避。但我可以肯定，当我在戈壁沙漠中奔跑时，并不是为了逃离过去，我是在奔向我的未来。我是带着希望，忘掉了悲伤。

当我在巴黎戴高乐机场看到露西娅时，禁不住流下了眼泪。另一方面，戈壁也憋不住了，她的小膀胱已经憋了14个小时的尿。我带着小狗垫，想让她在飞机上解决，但她不肯。只有当站在大厅中央擦得锃亮的地板上时，她才觉得终于可以释放了。

剩下的回家之旅将会非常容易，我们甚至还绕路进了市区，带戈壁参观了埃菲尔铁塔和凯旋门。在那之后，我们先是向北去了比利时，然后到达阿姆斯特丹，那里是露西娅的叔叔、婶婶、堂兄弟姐妹的家。

他们见到戈壁时的兴奋劲儿让我想起了2016年的时候人们对戈壁故事的反应。从名人去世到恐怖袭击，这一年充满了令人悲伤的消息，但我读过很多人的评论，他们认为戈壁的故事是为数不多的能恢复他们对人性良知的故事之一。在充满悲伤和恐惧的一年里，戈壁的故事就像是一座灯塔。

洗完澡休息一会儿，露西娅、戈壁和我就向家人道别，向渡轮码头出发。码头就在离房子不远的拐角处，露西娅花了好几周的时间才说服空运公司改变规定，允许宠物主人把宠物留在车内，或者把狗放在他们提供的狗舍里。这对戈壁来说是行不通的，最后他们终于同意我们把她带到一个客舱里去。

所以我觉得这次旅程很容易，我们会没事的。不会出什么差错的，对吧？

恩，是的，一切顺利——差不多一切顺利。

我们刚把戈壁的宠物护照交给前台时，气氛就变了。柜台后面的女人在记录上疯狂地来回翻动着，一脸困惑。

"你需要帮忙吗？"露西娅用荷兰语说道，"你在找什么？"

"我看不懂，"她说道，"都是中文的。如果我看不懂，我就不能让你登船。"

她打电话给她的上级领导，他们俩又把那几页纸翻了一遍。"我们看不懂，"领导说道，"你们不能登船。"

露西娅花了几个星期的时间来了解把狗运出国境的各种要求，她对这些规定了如指掌。她小心翼翼、心平气和地向他们两人展示了哪种标记与哪种疫苗有关，但是没什么用。他们没有改变主意，如果他们不改变主意，戈壁就会被困在荷兰。

后来，我想起了我们到达英国边境管制时Kiki给我的那堆文件。这些信息都是一样的，只是用的是英语。我把它递了过去，看着他们仔细地看了一遍，最后他们终于说出了一些鼓舞人心的话。

在马上就要开船的时候，我们得到了一个微笑，戈壁宠物护照上也盖了印章。我们准备好出发了。

第二天早上，我和露西娅驱车离开渡口。我们紧张地对视着，英国边境控制所会阻止我们通过吗？他们会不会在文件中发现一些漏洞，把戈壁送到伦敦再隔离一段时间呢？我们手牵着手走到前台，令我们感到惊讶的是，我们竟然被径直推开了。没有检查，没有麻烦，没有延迟，戈壁就进入了英国。

开车向北去往苏格兰，这段路程漫长却轻松，我们经过了低矮的小山和开阔的荒野，我的思绪就这样随之飘荡。我想起了自己对戈壁所做的承诺，我花了六个月的时间才实现了这一承诺。我回想起所有捐钱帮助过我们的人，那些夜以继日搜寻的志愿者们，还有全世界所有为我们发送支持信息并为我们祈祷的人。让这一切成为现实的不只是我自身的力量，也是那些慷慨、有爱心的人们的集体力量。

这些思绪使我热泪盈眶。世界仍然充满着爱与善良。

回家的长途跋涉就快结束了，我们驱车翻过小山，凝视着眼前的景色。整个爱丁堡的景象都呈现在我们面前：亚瑟王的宝座——守护着这座城市的那座山，东边的海滩，西边的彭特兰丘陵。这是个美丽的一天，不仅是因为天空晴朗、空气清新，也不是因为这是我42岁的生日。

它之所以完美，只是出于一个简单的原因。

我们在一起。

我们进入了城市，车里静默无声，但我们的头脑与心灵却都很充实。我们走到街上，发现自己从来没有想过，当我抱着这只可爱的小狗穿过前门时，会是种什么样的感觉。

我从来没有想过，因为我从来没有让自己相信会梦想成真。所有的欺骗、所有的恐惧、所有的忧虑，都沉重地压在我的身上，让我无法相信我们最终会成功。

门打开了，我看到了屋里的亲朋好友，听到了香槟瓶塞的砰砰声，听到了和我们一起庆祝的人们的欢呼声，我才明白那是什么感觉。

这感觉就像开始了一场奇妙的新冒险。

接下来的几个小时和几天都很忙碌，这让我想起了乌鲁木齐。一个电视摄制组从澳大利亚大老远飞来拍摄我们回家的画面，还采访了我。世界各地的记者都打来电话，有些我很熟悉，还有一些是我从未交谈过的人。他们都想知道戈壁是如何度过这段旅程的，现在她的生活是什么样的。

我告诉他们，戈壁很快就适应了新的生活，她和那只叫劳拉的猫和平相处，共同占领了我们客厅里的沙发。我说，是戈壁给了我灵感，让我知道她是如何应对这段旅程的，就像我们见面以来，她应对的每一个挑战一样。我告诉他们我为她感到骄傲。

但这只是故事的一部分而已。要想让我说出戈壁的一切事情，那么可能不止这几个答案，这将需要更长的时间来分享，发现戈壁改变了我的生活——尤其是当我意识到这种新生活才刚刚开始的时候。

还有很多问题，只有戈壁才知道答案：她为什么在天山徘徊？她为什么会选择我？她失踪的时候都发生了什么事？也许这些问题永远不会得到答案。

　　那时和现在最重要的就是：从我答应戈壁的那一刻起，我的生活就改变了，戈壁的生活也发生了变化。她给我的生活增添了美好，也帮我度过了一些艰难的日子。

　　那天晚上，戈壁和劳拉在床脚待着，我再次感受到了家里那熟悉的寂静，露西娅转向我，平静地问我第二天早上想做些什么。我们没有任何计划，每天的头几个小时都是属于我们的。

　　我很清楚自己想要什么。我看了看戈壁，又看了看露西娅。

　　"我们去跑步吧。"

鸣 谢

中国给我的生活带来了很多美好，我很感激在中国度过了一段漫长的时光。在一个拥有十多亿人口的国家，我遇到了一些慷慨大方、体贴善良的人们。

Kiki陈从一开始就支持着我们，是她让这一切都成为现实。柯瑞思是一个真正的"狗语者"，他建立了我们的搜索团队，并在寻找戈壁的过程中发挥了重要作用。我非常感激鲁新。她一直在寻找戈壁，并让我知道了什么才是真正的慷慨。王婕芸（乐乐）不仅仅是一个翻译，她的话在最艰难的时刻鼓励着我。我深深地感谢所有的志愿者，他们夜以继日地寻找一只从未见过的小狗，帮助一个他们从未认识的人。我深深地感谢他们，我也希望他们知道，他们对这个故事有多么的重要。

多亏了马先生一家，我才找到了戈壁。我十分感激马先生一家人。感谢凯文家宠物会所的支持和指导，感谢他们团队对戈壁24小时无条件的关爱和奉献。

当我回想起和乌鲁木齐绿柏汇部落烧烤店的小伙子们在一起度过的那些时光，我仍然微笑着（尤其是当我想起他们给我烈酒时的场景。干杯茅台！）

我想念我在北京惠比寿寿司店的兄弟们。

我很自豪能把乌鲁木齐称为我的家乡。我不知道世界上还有哪个城市比它更加善良、更加慷慨的了。

中国媒体对我们的故事表示了支持，展现了他们的奉献精神。

回到英国家中，如果没有丽莎·安德森，这一切都不可能发生。感谢她为我们照看劳拉与房子。感谢艾奥那、克里斯、托尼和吉尔从始至终支持着露西娅。罗斯·劳里，我只想对你说：令人瞩目！

感谢媒体在这个故事中发挥了重要的作用。《每日镜报》的乔纳森·布朗是第一个报道这个故事的记者，朱迪·泰特在BBC第五电台现场播报了这个故事，主持人菲尔·威廉姆斯从一开始就支持着我们。他们以我所不具备的方式看待这个故事，并带头与他人分享。

感谢英国BBC和世界服务的宝贵的支持，感谢CNN的克里斯蒂安·杜堡，感谢《华盛顿邮报》的艾米·王，《内版》的黛博拉·黑斯廷斯，《泰晤士报》的奥利弗·瑟林，《加拿大邮报》的维克多·费雷拉，澳大利亚《第七频道》的尼克·法罗和史蒂夫·彭斯，感谢英国ITV《早安英国》的皮普·汤姆森以及播客的埃里卡·赞恩。

我要感谢所有报道这一故事的其他记者、电台和电视台主持人，感谢他们在分享我们的旅程中所给予的帮助。

很多人捐了钱，发了充满爱与支持的信息，以及每天为我们祈祷。他们所做的不只是相信我们——是他们让这一切成为可能。

我也要感谢温斯顿·赵、马克·韦伯的推文《澳式坚韧》以及克里斯·布朗博士的帮助、知识与指导。理查德·汉森绝对是一个传奇人物，他大老远来到乌鲁木齐帮助我们。WAA极限设备一直支持着我，威廉·格兰特和他的儿子们则是最仁慈的雇主。感谢联合轮船公司和中国国际航空公司。

最后，我要感谢我的团队和戈壁。多亏了保罗·德·苏扎的女儿奎因，这一切才能成为现实。杰伊·克雷默为我们提供了宝贵的支持、建议和经验。马特·鲍尔支持我们，信任我们，我们感谢他以及W出版公司的所有团队，托马斯·纳尔逊和哈珀·柯林斯，感谢他们在紧迫的截止日期之前如此努力地工作。克雷格·博莱丝的远见、指导和耐心将这本书变得无与伦比。

最后——妈妈，虽然我们之间有分歧，但你仍然是我的妈妈。